KB080429

가난할 권리

책고래숲 08

가난할 권리

2024년 8월 15일 초판 3쇄 발행
2023년 9월 25일 초판 1쇄 발행

글 최준영 **그림** 이윤정 **편집** 우현옥 **디자인** 김헌기
펴낸이 우현옥 **펴낸곳** 책고래 **등록 번호** 제2015-000156호
주소 서울특별시 서초구 강남대로12길 23-4, 301호(양재동, 동방빌딩)
대표전화 02-6083-9232(관리부) 02-6083-9234(편집부)
홈페이지 www.dreamingkite.com / www.bookgorae.com
전자우편 dk@dreamingkite.com
ISBN 979-11-6502-153-5 03800

가난할 권리

책고래

차례

2부
희망의 인문학

3부

거리의 인문학자

어디로 갈지 모르겠거든 일단 가라

나날이 각박해지고 파편화되어 가는 사회에서 사적 안전망은 작동을 멈춘 지 오래다. 사회적 안전망 또한 제대로 작동되지 않는다. 하루를 살아내는 게 버거운 이들, 이웃도 없고, 국가의 보살핌도 제대로 받지 못한 이들, 그들이 두 다리에 힘을 주고 일어서도록 도울 방법은 없을까?

앉아서 기다리는 복지여서는 안 된다. 직접 그들이 있는 곳으로 찾아가야 한다. 우선 할 일은 가난한 사람들의 내면을 유심히 들여다보는 것이어야 한다. 동정이 아닌 권리로서의 복지를 이해하도록 쉬지 않고 설명해야 한다. **복지는 가난한 사람들의 마지막 권리를 지키는 일이다. 가난한 사람들에게도 살아가야 할 권리가 있다. 그것이 '가난할 권리'다.**

거리의 인문학은 올해로 꼭 스무 살을 맞았다. 노숙인을 대상으로 시작한 이래 미혼모와 한부모 여성 가장, 교도소 수형자, 가난한 어르신, 장애인으로 대상이 확대되었다. 그 사이 나에겐 '거리의 인문학자'라는 별명이 붙었다.

노숙인은 '집이 없고 직장을 잃고 건강을 잃고 길거리에 나앉은 사람'이 아니라 '사람이 없는 사람'이다. 빚쟁이에게 쫓길까 봐, 사업에 실패하고 부끄러워서, 저마다의 이유로 사람과의 관계가 다 끊어진 사람이 그들이다. 관계망이 깨진 사람은 불행할 수밖에 없다. 그러나 관계망이 존재하는 사람은 그 안에서 어떻게든 삶의 활로를 만들고 행복을 찾는다. 노숙인에게 사람과의 관계를 회복시켜 주는 것이 바로 우리가 진행하고 있는 거리의 인문학의 목적이다. 노숙인을 대상으로 인문학 강의를 한다는 건 그들에게 곁이 되어 주는 일이다. "당신에게도 찾아오는 사람이 있다", "당신 이야기를 들어주는 사람이 있다"는 걸 확인시켜 주는 일이다. 그들이 관계의 소중함을 깨닫게 되어 다시 일어서기를 바라서다.

20년 동안 한 방향만을 보고 걸어올 수 있었던 동력은 무엇일까. 루이스 캐럴의 『이상한 나라의 앨리스』에 나오는 "어디로 갈지 모르겠거든 일단 가라"는 문장을 나름의 이정표 삼아 달려왔다. 인생을 살다 보면 낭떠러지를 마주할 때도 있고 비단길을 만날 때도 있다. 나는 낭떠러지에서도 앞으로 가는 사람이다. 힘들고 어려워도 의미 있는 길이라고 생각하면 우선 간다. 조금 고통스럽게 살면 또 어떤가. 보통 사람들은 보지 못하는 다른 면을 볼 수 있고, 생각할 거리도 더 많아진다. 남들에게 미련하고 고집스럽게 보일 수 있지만 그게 나의 삶의 방식이다.

2000년에 등단했지만 한동안 글다운 글을 쓰지 못했고, 책을 낼 엄두를 내지 못했다. 2004년 노숙인 대상 인문학 강좌를 준비하면서 틈틈이 쓰기 시작한 글이 모여 지금껏 아홉 권의 책(공저 한 권 포함)이 됐다.

개인적으로 열 번째 책이다. 고단한 내 삶의 여정을 되짚었고, 내 삶에 깊숙이 들어와 있는 다양한 사람의 애틋한 삶도 다루었다. 혹은 엉뚱하고, 혹은 슬픈 사연들이다. 나의 삶이 그랬고, 내가 만난 사람들의 삶이 그러했다.

흩어져 있던 글을 한데 그러모았다. 신문 칼럼이나 SNS, 이전의 책에 실었던 글들을 재구성하거나 좀 더 세밀하게 다듬었다. 거리의 인문학 20주년을 맞아 새롭게 엮은 책이라 더욱 감회가 새롭다.

이 책을 그동안 강의에서 만났던 노숙인과 미혼모, 어르신, 교도소 수형자들에게 바친다.

2023년 9월

최준영

추천사

문학 이론을 공부하는 사람에게는 역사(실제)보다 문학(허구) 쪽이 더 심오하다는 아리스토텔레스의 말이 익숙하다. 허구를 구성할 때는 개연성을 보살펴야 하고 그 과정에서 삶의 원리에 대한 보편적 통찰이 작동하기 때문이라는 것이다. 나는 저 말이 거의 진실이라고 믿고 있지만, 최준영이 쓴 이런 책을 읽다 보면, 진실이 뭔지 알 수 없게 되고 저런 구분 따위가 중요할까 의심하는 사람이 되어 버린다.

여기엔 짐스러운 육체를 이끌고 포복하며 살아가는 고유명사들의 실제 삶이 있고, 그들 곁에서 기어이 어떻게든 희망을 생산해 내려고 하는 한 인간의 행군이 있는데, 놀랍게도 이 이야기들은, 누가 준 사람이고 또 받은 사람인지를 구별 불가능하게 만드는, 사랑의 상호 감염과 그 뭉근한 확산의 드라마에 이른다. 그걸 바라보는 내 마음은 착잡하다. 어쩌면 내가 문학을 붙들고 사는 것은 내가 감당하기 어려운 이 진짜 인간, 진짜 삶으로부터 도망치기 위해서는 아니었을까.

거리에선 인문학이 작고, 인문학엔 거리가 적다. 최준영이 '거리의 인문학자'라면, 이 책은 '인문학자의 거리'가 되어야 할 것이다. 매일 걷고, 어떨 땐 멈춰 서고, 가끔은 주저앉아 울기도 해야 할, 진짜 거리.

신형철(서울대 교수, 문학평론가)

추천사

저자 최준영 선생님을 만난 지 벌써 몇 년이 흘렀다. 거리의 인문학자로 널리 알려진 저자를 부르는 나만의 별명은 '책고집의 최고집'이다. 어려운 책고집 운영이 안타까워 수익도 좀 생각하시라고 해도 도대체 요지부동이다. 사람이 참 한결같다.

이 책에는 사람에 대한 진솔한 얘기가 담겨 있다. 사람이 없어 가난한 사람들의 목소리에 귀를 기울이며 흔쾌히

곁을 내어준 저자의 오랜 경험이 감동적으로 담겨 있다. 복지는 동정과 시혜가 아니라 마땅히 누릴 권리라는 것을, 가난한 사람들에게도 살아가야 할 권리가 있다는 것을 생생히 들려준다.

어디로 갈지 모르겠거든 일단 가라고 하시지만 난 안다. 최준영샘은, 어디로 갈지 누구보다 잘 아시는 분이다. 요즘 최샘은 "교도소 대학"에 꽂혀 있다. 어깨동무해 함께 걷는 사람이 많아져 최샘이 바라보는 곳이 탄탄한 길이 되기를.

보내주신 원고 읽다 남몰래 눈물을 글썽였다.

김범준(성균관대 물리학과 교수)

추천사

'거리의 인문학자'라 불리는 그는 노숙인을 비롯한 소외되고 가난한 이들에게 인문학을 강의한다. 인간 근원의 문제를 탐구한다는 인문학이 매일 생존의 문제와 싸우는 이들에게 가당키나 할까. 하지만 그는 가난하다고 인간답게 살 권리가 없는 것은 아니라고 말한다. 가난해도 인간으로서 누려야 할 권리를 포기하지 말자고, 사회가 미리 규정지은 가난한 자의 운명이 아니라 자신이 원하는 삶의 방식을 찾아가자고 사람들을 설득한다. 우리가 누리는 것들이 우리의 노력과 그 성과의 열매만은 아니듯, 우리의 가난도 불성실과 무능의 결과가 아니다. 그러므로 가난하지만 인간답게 살아가는 것은 공동체가 베푸는 시혜가 아니라 가난한 우리들의 마땅한 권리라고 지난 20년 그는 한결같이 거리에 서서 말했다. 그러는 동안 많은 이들의 삶이 바뀌었고 더 많은 이들이 위안을 얻었다. 어리석은 자가 산을 옮기듯 그가 미련하지만 묵묵히 쌓아 올린 돌멩이가 이제 제법 산의 형상이 된 듯도 하다.

반수연(소설가)

1부

가난할 권리

모든 인간은 공포와 궁핍으로부터 해방될 권리가 있습니다.
모든 인간은 꿈과 사랑의 결핍으로부터 해방될 권리가 있습니다.
넘어진 자는 반드시 바닥을 짚고 일어나야 합니다.
_성프란시스대학

사람이다

김 씨를 알게 된 건 성프란시스대학(노숙인대학)에서였다. 성프란시스대학의 1기생 중에서 가장 나이가 많았던 김 씨는 인문학 과정 수료 후 1년여 만에 세상을 떠났다. 굳이 세상을 떠난 이의 이야기를 꺼내는 데는 그럴 만한 이유가 있다. 김 씨 덕분에 노숙인 인문학 강좌의 졸업생과 재학생들의 공식 모임이 만들어졌다. 또한 김 씨 덕분에 노숙인도 사람이라는 것, 돈이 많으나 적으나 다 같은 사람이라는 지극히 당연한 사실을 확인할 수 있었다.

김 씨에게서 연락이 왔다. 동부시립병원에 입원 중인데, 문병 한번 와 달라는 것이었다. 그해 4월 어느 날 김 씨를 만나기 위해 병원으로 향했다. 병실에 들어서자 김 씨가 다짜고짜 병실 밖으로 나가자고 했다. 손에는 묵직한 가방을 들고 있었다. 그와 함께 향한 곳은 병원 옥상에 있는 간이 휴게실이었다. 거기서 김 씨가 조심스럽게 가방을 열어 안에 든 내용물을 보여 주었다.

수십 피스의 약들이 가방 가득 들어 있었다. 병원 놈들이 자기를 죽이기 위해 강압적으로 약을 먹이고 있다는 것이었다. 가방에 든 약봉지들은 먹는 시늉만 하고 뒤로 빼돌려 놓은 것이라고 했다.

그러고는 내게 부탁이 있다고 했다. 자기 대신 담당 의사를 만나서 엑스레이 사진을 확인해 달라는 부탁이었다. 아무것도 모르는 자기는 속일 수 있어도 교수님은 함부로 속이지 못할 것이니 자신이 병자가 아니라는 걸 확인한 뒤 퇴원할 수 있도록 도와 달라는 것이었다.

의사를 만났다. 명백한 암 환자였다. 온몸에 암세포가 전이되어서 살 수 있는 날이 얼마 남지 않았다는 소견을 재차 들었다. 의사에게 김 씨가 약을 먹지 않고 숨겨 두고 있다는 얘기는 하지 않았다.

다음 달 김 씨에게서 다시 전화가 왔다. 힘없는 목소리였다. 5월 8일, 어버이날에 맞춰서 책 한 권을 사 들고 병원으로 찾아갔다. 들고 간 책은 엘리자베스 퀴블러-로스(Elisabeth Kübler-Ross)의 『인생 수업』이었다. 김 씨는 이미 죽음을 예감한 듯 내게 자신의 인생 이야기를 들려주었다. 무려 세 시간 가까이 그의 이야기를 들어주었다.

한때 잘나가는 사업가였단다. 어느 날 교통사고로 의식을 잃은 뒤 깨어나 보니 아무것도 기억이 나지 않았다고. 그렇게 돈도, 가족도 모두 잃고 김 씨는 거리의 삶을 살기 시작했다. 50대와 60대를 고스란히 거리에서 살았다.

문병을 와 준 내게 연신 고맙다는 말을 반복했다. 사실 문병을 부탁할 사람이 나 말고는 아무도 없다고 했다. 한 사람이라도 연락할 수 있어서, 한 사람이라도 자기 말을 들어주는 사람이 있어서 행복하다고 했다.

말년의 김 씨를 행복하게 해 준 건 뜻밖에도 인문학이었다. 인문학 강좌에 참여한 덕분에 뒤늦게 지나온 삶을 성찰할 수 있게 되었다고 고백했다. 이야기를 듣고 있던 나는 '마지막'이라는 수식어를 생략한 채 꼭 해 보고 싶은 게 있는지 물었다. 헤어진 가족을 찾고 싶다는 말이 나오려나 싶었는데, 뜻밖에도 김 씨는 "인문학 과정을 함께했던 동료들을 만나고 싶다."라고 했다.

며칠 후 김 씨의 마지막 소원을 전하며 노숙인 인문학 강좌의 1, 2기 졸업생들과 3기 재학생들을 불러 모았다. 딴에는 한강 둔치에 모여 체육 대회를 하자는 것이었지만, 실은 죽음을 앞둔 김 씨의 소원을 들어주는 의미였다. 대다수가 참여했다. 복수가 차올라 걷기조차 힘든 김 씨는 인문학 동기들과 후배들이 모여 있다는 소식을 듣고 혼신의 힘을 다해 한강 둔치까지 나와 어쩌면 마지막 말이 될지도 모르는 말을 힘겹게 이어 갔다.

"지난번 어버이날에 최준영 교수님이 『인생 수업』이라는 책을 들고 병원으로 저를 찾아왔습니다. 그 책을 통해 새삼 확인했습니다. 인생이라는 학교에 와서 잘 배우고 갑니다. 말년에 여러분과 함께 인문학 공부를 할 수 있어서 좋았습니다. 진작 공부했더라면 더 좋았을 것을, 아쉽지만 어쩌겠습니까. 저는 이제 얼마 살지 못합니다. 아쉽거나 두렵지는 않습니다. 제 삶에 대해서, 그리고 인생이라는 것에 대해서 충분히 생각할 수 있었기 때문입니다."

짧지만 강렬한 울림을 주는 말이었다. 그로부터 며칠 후 그의 부음이 들려왔다. 누가 시키지 않았지만 나는 자연스럽게 상주 역할을 맡았다. 가족이 없는 행려자나 부랑인이 죽으면 곧바로 화장터로 보내는 게 보통이지만, 병원 측에 부탁해 하룻밤 장례식을 치르기로 했다.

문제는 비용이었다. 병원 장례식장의 가장 작은 장소, 영정 앞에 식탁 두 개 정도 놓을 수 있는 협소한 공간을 쓰는데도 최소 300만 원 이상의 비용이 발생한다는 게 장례식장의 설명이었다. 시신에 염을 한 뒤 수의를 입혀야 하고, 시신을 안치할 관을 짜야 하고, 문상객을 맞으려면 최소한 1식 3찬에 국을 기본으로 주문해야 했다. 고심 끝에 강행하기로 했다. 일단 비용은 내가 어떻게든 마련해 보겠다고 큰소리를 쳤다.

거리의 삶을 살던 노숙인의 죽음이었다. 누가 문상을 오려나 싶었다. 우선 경찰의 협조를 받아 가족들을 수소문했다. 마침내 아들과 누이동생을 찾아냈지만 허사였다. 연 끊긴 지 오래된 사람이라면서 한사코 찾아오지 않겠다고 하더란다. 경찰을 통하지 않고 직접 연락하는 건 위법한 일이라기에 뭐라 말을 전하지 못하고 포기했다.

대신 인문학 과정의 동기들과 후배들이 모였다. 그걸로 됐다 싶었는데, 밤이 늦어지면서 수십 명씩 문상객이 줄을 이었다. 얼핏 행색만 봐도 어떤 생활을 하는 사람인지 단박에 알 수 있었다. 분위기는 여느 상갓집과 다를 바 없었다. 밥과 국이 오가고, 술병이 드나들고, 이따금 고함과 곡소리가 들리기도 했다. 특이한 점도 있었다. 오는 사람마다 영정 앞에서 크게 오열하는 것이었다. 시늉만 하거나 형식적으로 우는 게 아니었다. 어찌나 절절하게, 어찌나 서럽게 통곡하던지 뒤늦게 찾아온 유가족인 줄 착각할 정도였다. 상주 역할을 했던 나는 덩달아 슬픈 표정으로 줄을 잇는 문상객을 맞이해야 했다. 그때 인문학 과정에 참여했던 한 분이 내게 그 통곡의 이유를 귀띔해 주었다.

"거리의 삶을 사는 사람들에게 비슷한 처지였던 김 씨의 죽음은 곧 자기 자신의 죽음으로 느껴졌을 겁니다."

다시 고민은 비용이었다. 기본이 300만 원 이상인데, 거기에 술까지 더해졌으니 훌쩍 400만 원은 넘어섰을 테다. 문상객을 맞으면서도 초조하고 불안한 마음에 잠을 잘 수 없었다.

밤을 꼬박 지새운 뒤 화장터로 향했다. 화장터로 가는 버스가 사람들로 가득 찼다. 서울역 인근에서 노숙하는 분들이 대부분이었다. 지친 몸으로 화장 절차와 산골까지 마친 뒤 다시 버스에 몸을 실었다.

돌아오는 길에 인문학 과정의 실무를 맡았던 사회복지사로부터 놀라운 이야기를 들었다. 부의금이 들어올 것이란 기대 없이 형식적으로 비치했던 부의함에서 무려 130만 원이 나왔다는 것이다. 나를 놀라게 한 건 130만 원이라는 액수가 아니었다. 여느 부의함처럼 이름이 적힌 봉투들이 나온 게 아니었다. 꼬깃꼬깃 접은 흔적이 역력한 천 원짜리, 오천 원짜리, 만 원짜리 지폐들이 쏟아져 나왔다.

밥 한 끼 얻어먹을 심사로 들른 줄로만 알았다. 술 몇 잔 얻어 마실 기회라 생각하고 우르르 몰려왔을 것으로 생각했다. 잘 데도 없으니 차라리 시간이나 죽이자고 밤새 기웃댄 것인 줄 알았다. 아니었다. 그게 아니었다. 그제야 비로소 서럽디서럽게 울었던 이유, 장례식장이 떠나가라 소리쳐 통곡했던 그들의 마음을 이해할 것 같았다.

그 돈이 어떤 돈인가. 인생의 마지막 비상금이 아닌가. 꼬깃꼬깃 접힌 자국을 보면 알 수 있다. 거리에서 혹여 누구한테 빼앗길세라 꼬깃꼬깃 접어서 바짓단 안쪽에 넣은 뒤 박음

질을 해 두었던 돈이었을 것이다. 생의 최후의 순간에 이르기 전에는 절대 꺼내 쓰지 않겠노라 다짐하며 자기 몸의, 아니 이 세상의 가장 깊숙한 곳에 숨겨 두었던 돈이었을 것이다. 그걸 내놓았다. 그걸 꺼내서 기꺼이 먼 길 떠나는 김 씨의 장례식장 부의함에 넣었다.

거리의 삶을 사는 분들이 모아 준 130만 원. 그 돈은 내 평생 만져 본 돈 중에서 가장 값지고 귀한 돈이었다.

사람이다. 거리의 삶을 산다고 사람이 아닐 수 없다. 사람이어서 사람이 죽으면 슬퍼하고 울고 괴로워하고 힘들어한다. 그 슬픔을 견디지 못해 어쩌면 미리 겪은 자신의 죽음으로 생각하면서 자신에게 가장 소중한 돈, 삶의 마지막 비상금을 기꺼이 꺼내서 동료 노숙인의 노잣돈으로 내어놓는다. 사람이 사람인 이유다.

가난한 사람들도 다 같은 사람이라는 지극히 당연한 사실을 노숙인 김 씨의 죽음을 통해 알았다.

노숙인들이 모아 준 130만 원 덕분에 내 부담은 한결 덜었다. 아니, 삶의 의미를 알게 되었다.

사람이다. 사람이다. 사람이다.

한판 붙어 볼까?

- 탈학교 청소년 학교에서의 추억

생각해 보니 근 20년 동안 참으로 많은 곳을 다니며 강의했다. 노숙인, 미혼모, 한부모 여성 가장, 자활 참여자, 어르신, 장애인, 탈북 청소년, 탈학교 청소년, 교도소 재소자, 구치소 수감자 등에게 강의했고, 전국의 공공 도서관과 작은도서관, 평생학습관, 각 지자체 인재개발원, 삼성전자, 몇몇 은행, 이런저런 대학들…….

그중에서도 잊을 수 없는 강의를 고르라면 단연 탈학교 청소년들과 함께했던 '이음학교'에서의 추억이다. 서울의 모 구청에서 운영하는 고교 중퇴자를 위한 이음학교는 학교 밖에서 학업을 이어 갈 수 있도록 도와주고, 정해진 과정을 모두 이수하면 고등학교 졸업 자격을 부여한다. 전국 지자체에서 탈학교 청소년을 위한 이음학교를 운영하고 있다.

첫 수업 날부터 참담한 경험을 했다. 일단 아이들은 아무리 열정적으로 수업해도 들으려고 하지 않는다. 수업 중 수시로 자리를 이동하고, 교사가 있든 말든 삼삼오오 모여서 잡담하거나 심지어 노래를 부르기도 한다. 엎드려 자는 건 다반사고, 어쩌다 소리라도 높이는 날에는 곤한 잠을 깨웠다고 되레 교사에게 소리치며 대들기도 한다. 질문에는 제대로 답하는 법이 없고, 말을 걸어도 들은 척 만 척하기 일쑤다.

첫 수업 후 복도에서 만난 여학생에게 오늘 수업 어땠냐고 물었다가 봉변을 당하고 말았다.

"오늘 수업이요? 좆같았어요."

상상조차 할 수 없는 황당한 대답이었다. 한동안 어안이 벙벙했다. 시간이 지나면서 아이들이 왜 강사들에게 마음을 열지 않는지 알게 되었다. 아이들의 잘못만은 아니었다. 오래 버티는 강사가 없었다. 정을 줘 봐야 허사라는 걸 알고 있는 것이고, 열심히 따라 봐야 금방 떠날 사람이라고 단정하곤 했다. 마음을 열어 봤자 자신들만 바보가 된다는 걸 여러 차례 경험한 아이들은 더 이상 강사에게 마음을 열지 않았고, 강의를 열심히 듣지도 않았다.

탈학교 청소년을 모아 놓은 그곳의 강사들 평균 수명(?)은 대체로 두 달을 넘지 않는다. 한 달도 못 견디고 도망치듯 그만두는 강사도 허다했다. 이유라는 것도 참 무책임하다. 아이들에게 질려서, 아이들이 무서워서, 미워서. 심지어 정나미 떨어져서 더는 못 있겠다는 악담을 늘어놓고 달아나기 일쑤였다.

강사비가 터무니없이 적은 것도 이유 중 하나였을 테다. 책정된 강사비가 한 시간에 3만 원, 두 시간 강의하면 6만 원이었다. 바쁠 때는 택시를 타기도 하고, 강의 준비에 꽤 많은 시간을 투자해야 하는데, 그 정도 강사비를 받고 지속적으로 강의하기란 쉽지 않은 일이기도 하다.

나는 강사비 때문에 그들을 외면할 수 없었다. 거리의 노숙인과 교도소 재소자를 대상으로 강의하면서 '거리의 인문학자'라는 별명까지 붙은 사람이었다. 강사비를 책정하지 못하는 가난한 마을 공동체에서도 줄기차게 강의했던 터였다. 시쳇말로 탈학교 청소년들보다 훨씬 더 거칠고 비협조적인 사람들과의 자리에서도 거뜬히 버텨 냈던 것이다. 별명, 그거 거저 얻어걸린 게 아니다.

버텼다. 버티고 버텨야만 했다. 집 나간 아이가 집으로 돌아오길 기다리는 부모의 심정으로, 한껏 싸우고 토라진 아이들이 마음 돌릴 때까지 참아 주는 삼촌의 마음으로, 마음 터놓을 수 있는 친구의 마음으로.

거칠고, 말썽꾸러기여도 아이는 아이였다. 수업 시간마다 엎드려 자는 건 그냥 공부하기가 싫어서가 아니었다. 이유가 있었다. 밤새 주유소나 편의점, 주점 등에서 '알바'를 하는 아이들이었다. 언젠가 모 신문에서 명명했던 대로 이른바 '44만 원 세대'가 바로 내 앞에서 자는, 혹은 딴청 피우는 아이들이다. 말이 거친 것은 본디 심성이 그런 것이 아니다. 거친 환경 탓이다. 대부분 편부모 혹은 조손 가정의 아이들이고, 더러는 어른 보호자 없이 동생들과 함께 사는 소녀 가장도 있었다.

다그쳐서 될 일이 아니었다. 기다려 줘야 했고 참아 줘야 했고 감싸 줘야 했고, 더러는 매섭게 혼내 줘야 했고, 무엇보다 힘껏 안아 줘야 했다. 맞담배를 허해야 했고, 함께 술잔도 부딪쳐야 했다. 무엇보다 함께 울어 줘야 했다.

참 힘든 시간이었지만 어찌어찌 견뎌 냈다. 그새 미운 정 고운 정이 들어서 별수 없이 우리는 서로를 인정해 주는 사이가 되고 말았다.

두 달을 버텨 냈을 무렵이다. 그날 역시 죄다 엎드려 자거나 딴청을 피우며 강의를 듣지 않았다. 강의를 마치고 허탈하게 비탈길을 내려오던 중 한 아이가 뒤에 따라붙는 느낌이 들었다. 선뜻 다가서지는 않았지만 그 아이도 나를 의식하고 있다는 걸 알 수 있었다. 수업 시간에 늘 딴청을 피우는 김윤수(가명, 17세)였다.

걸음을 멈추고 내게 다가오길 기다렸다. 가던 길을 멈추고 기다리는 나를 본 윤수가 흠칫 놀란 표정을 짓더니 쑥스러운 표정으로 내 앞에 뭔가를 내밀었다. 조그만 노트였다. 거기 빼곡하게 오늘 수업 내용이 정리되어 있었다. 씨익 웃더니 짐짓 자랑스럽게 말을 꺼냈다.

"저 선생님 수업 시간에 자는 척하지만 실은 다 듣고 이렇게 필기까지 했어요."

기특하다고 해야 할지, 엉뚱하다고 해야 할지……. 버스 정류장까지 10여 분을 걸어 내려오면서 윤수와 많은 이야기를 나누었다. 윤수는 자기 자신은 물론 다른 아이들의 상황과 마음까지 대변하려고 애를 썼다.

"듣지도 않으면서 필기를 해내는 특별한 기술이 있네."

"제가 좀 특별한 데가 있죠."

"그러게. 상담 선생님한테 들었어, 너희들이 어떤 상황인지."

"그런데도 버티시는 걸 보면 선생님은 이전 선생님들과 한참 다른 분인 것 같아요."

"윤수야, 나도 늘 혼자였어. 고등학교도 졸업하지 못했고, 검정고시 보고 겨우 대학 들어갔고. 너희를 나름 이해하는 편이지. 나도 막노동부터 서빙까지 안 해 본 알바가 없다니까."

"역시."

"내가 바라는 건 내 수업을 잘 들어주는 게 아니라 너희 모두가 이 과정을 중도에 포기하지 않았으면 하는 거야. 나도 보탬이 되고 싶고."

"사실 선생님은 이미 인정받고 계신 거예요."

"하하, 고맙네."

"선생님, 저도 선생님처럼 대학에 갈 수 있을까요? 그러고 싶어요."

윤수의 말을 정리해 보면 아이들은 나 역시 금방 떠날 줄 알았고, 그래서 애써 무관심한 척했다는 것이었다. 한 달 지나고, 두 달 지나도 떠나지 않으니 오히려 당황스러웠다고. 선생님의 진심을 알게 되었고, 그러니 수업 분위기도 차차 나아질 거라는 위로의 말까지.

잊을 수 없는 건 역시 마지막 말이었다.

"선생님, 저도 대학 가고 싶어요."

버스 정류장에서 윤수와 헤어진 후 한동안 멍한 표정으로 하늘을 올려다봤다.

'그럴 수 있을까? 윤수와 아이들을 대학에 보낼 수 있을까? 대학은 안 가더라도 나쁜 길로 빠지지 않고 잘 살아갈 수 있도록 도와줘야 할 텐데. 무력한 내가 어떻게 도와줄 수 있을까? 드디어 아이들이 마음의 문을 열었구나. 고맙다. 우선 내 강의 시간만이라도 분위기를 바꿔 보기로 하자. 최선을 다하자.'

윤수는 이혼한 부모를 떠나 할머니와 함께 살고 있다고 했다. 사실 대부분이 조부모와 살거나 이혼한 한부모와 살고 있다고 했다. 학교에서는 적응하지 못했거나, 이런저런 일탈을 하면서 자연스럽게 퇴학 당하거나 자퇴한 상태였다.

윤수를 통해 새롭게 알게 된 것도 있었다. 반에서 '짱' 역할을 하는 아이가 있다는 것. 지난번 첫 수업 후 수업 어땠냐고 물었을 때 황당한 대답을 했던 여자아이, 그 아이가 '짱'이었다. 열여덟 살로 나이도 윤수보다 많았고, 깡도 세고, 강단이 있어서 자연스럽게 아이들이 따르고 있다는 것이었다.

수업 분위기를 바꾸기 위해서는 무엇보다 '짱'의 마음을 사로 잡아야 한다는 걸 알게 되었다. '짱'이 들으면 다른 아이들은 자연스럽게 따라 듣게 된다는 게 윤수의 조언이었다.

다음 날 수업 후 윤수가 짱이라고 알려 준 은영이에게 말을 걸었다. 이메일 주소 좀 알려 달라고. 돌아온 대답이 엽기적이다.

"왜요, 저한테 메일로 작업 거시게요?"

그게 아니라고, 말로 하자고 하면 들어주지 않을 테니 이 메일로라도 대화하고 싶다고 부탁 조로 되물었다. 사실, 아이들 이메일 주소는 교무실에 다 정리되어 있다. 그래도 본인에게 직접 알려 달라고 해야겠다고 생각했다. 마뜩잖은 표정으로 은영이가 자신의 이메일 주소를 적어 주었다.

은영이는 학교에서 소위 일진이라 불리는 아이였고, 학교를 그만둔 뒤로도 학교 주변에서 아이들에게 돈을 빼앗고, 그 돈으로 유흥가를 전전하는 생활을 이어 왔다. 은영이가 이음학교에 들어오게 된 것도 그야말로 엽기적인 이유에서였다. 이곳에 있는 다른 아이에게 복수하기 위해서, 이른바 '이지메'를 시켜서 더 이상 못 다니게 할 목적으로 들어왔다고 했다.

김선지(여, 18세), 은영이와 같은 중학교 출신이었다. 중학교 때 은영이와 절친이었지만 어떤 일을 계기로 둘은 원수처럼 지내게 되었다. 그 어떤 일이 과연 어떤 일인지는 끝내 알 수 없었다.

선지는 엄마가 오랜 암투병 끝에 사망한 뒤 마음을 다잡았다. 더 심하게 방황할 수도 있었지만 선지에게는 어려서부터 친언니처럼 따르던 교회 언니가 있었다. 교회 언니가 하필이면(?) 탈학교 청소년 학교의 교사로 부임했고, 선지의 손과 마음을 잡아 주었다. 세상의 모든 아이가 그렇듯 선지는 천성이 착한 아이였고, 누군가 진심으로 손을 내밀자 그 손에 이끌려 자신의 미래를 위해 기꺼이 욕망을 억누르는 성숙한 아이가 되었다.

그런 선지의 변심이 은영이에게는 배신이었고, 그 배신감이 이 학교까지 따라오게 만들었을지 모른다는 생각이 들었다. 결과적으로는 선한 마음이 선한 결과를 만들어 낸 해피엔딩이 되길 바랐지만 그렇게 되지 못했다.

수많은 우여곡절이 있었는데, 일일이 설명하기는 힘들 정도다. 한편, 나와 몇 차례 이메일을 주고받은 은영이가 마음을 열기 시작했다. 덕분에 내 수업 시간만큼은 활기차고 엄숙한 분위기로 바뀌기 시작했다. 그렇다고 모든 수업이 그렇게 변한 건 아니었다. 여전히 교사들은 한 달이 멀다 하고 들락날락했고, 그런 교사들에게 아이들은 마음을 열지 않았다.

다음 해 2월 졸업식을 하게 되었다. 연초 스무 명 넘던 학생이 졸업식 때는 고작 다섯 명으로 줄어들었다. 아니다. 무려 다섯 명이나 그 힘든 과정을 마치게 되었다. 졸업생 다섯 명 중에는 윤수도 들어 있었다. 앞서 언급한 다른 아이들은 결국 졸업 때까지 함께하지 못했다. 저마다의 이유로 모든 과정을 이수하지 못한 아이들이 태반이었다. 그러나 나는 안다. 그 아이들 역시 졸업생 못지않게 나름의 성취를 이루어 냈을 것이라고. 단지 졸업장을 받지 못했을 뿐.

다섯 명을 졸업시키기 위해 각 과목 교사들은 물론 무려 열 명의 대학생 멘토가 함께 고생해 주었다. 그렇게 수십 명의 노력 끝에 다섯 명의 아이가 과정을 마치게 되었다.

졸업식장은 그야말로 울음바다였다. 졸업생의 가족들이 울었고, 졸업생이 울었고, 모든 강사와 대학생 멘토들이 울었다. 나도 울었다.

졸업식이 끝난 뒤 윤수가 내게 다가와서 어깨를 툭 치며, 아주아주 시건방진 표정으로 딴에는 고마움을 표한답시고 말을 걸었다.

"정말정말 못생긴 우리 최쌤, 고맙습니다."

가만히 있을 내가 아니었다. 대답 대신 녀석이 쳤던 것보

다 강도 높은 스매싱을 녀석의 어깨에 날렸다. 순간 녀석이 주먹을 쥐더니 한판 붙어 보자는 듯 전투 자세를 취했다. 나도 지지 않았다. 곧바로 한판 붙을 자세를 취했다. 다른 한 녀석이 심판을 자청하고 나섰다.

"자, 오늘 지는 사람이 한턱 크게 내는 거다."

내가 제안했고, 윤수 역시 동의를 표했다. 말이 끝나자마자 쏜살같이 내달려 윤수 쪽으로 몸을 움직였다. 그렇게 우리는 하나가 되었다. 싸움은 개뿔, 서로 얼싸안았다. 심판 보는 녀석도 달려들어 함께 끌어안았다. 힘껏, 아주 힘껏, 오랫동안 끌어안고 강강술래 하듯 빙글빙글 돌았다. 바보처럼 눈물을 흘리면서.

오만원

-보육원에서 만난 꼬마 시인 이야기

가난한 청춘의 추억 속에 소중하게 담긴 이야기 하나가 있다. 고교 과정을 검정고시 야학에서 마친 나는 대학에 입학한 뒤 야학 교사로 활동하는 걸 당연하게 생각했다. 그러나 내가 다녔던 야학 '상록수의 집'에서는 활동할 수 없었다. 무허가 건물에 있었던 상록수의 집이 재개발 바람에 휩쓸려 하루아침에 건물에서 쫓겨나 버렸기 때문이다. 도리 없이 야학

교사 활동은 다른 곳에서 해야 했다.

흩어졌던 상록수의 집 사람들을 다시 불러 모은 건 뒤늦게 결성한 동문회였다. 초창기 야학 동문회는 한 달에 한 번씩 청량리 인근에서 만나 식사와 술을 마시는 것으로 일관했다. 1년여가 지난 뒤 누군가 동문 모임을 좀 더 의미 있게 해 보는 게 어떻겠냐고 제안했고, 모두가 동의했다.

한 달에 한 번 양평 근처에 있는 보육원을 방문하는 것으로 의견이 모아졌다. 매달 스무 명 남짓의 동문들이 양평 근처의 보육원을 방문했다. 그러기를 무려 10여 년이나 지속했다. 그때 만난 보육원의 꼬마 시인과 두물머리에 얽힌 아련한 추억을 잊을 수 없다.

언론에 비친 보육원의 주인공은 늘 방문객들이고 아이들은 뒷전이다. 아이들이 방문객을 좋아하지 않는 것도 그런 이유일지 모른다. 좋아하지 않을 뿐 아니라 꺼리고 경계하기까지 한다. 특히 열 살 이상의 아이일수록 더 그런 편이다. 선물 꾸러미를 들고 오는 여느 방문객들과 달리 우리는 맨손으로 가서 함께 놀아 주고, 청소며 빨래를 도맡아 했는데도 2년여 동안 마음을 열지 않았다. 일을 돕는 것도 좋지만 무엇보다 아이들과 친해질 필요가 있었다. 꾀를 내야 했고, 논의 끝에 아이들의 문집을 만들어 주기로 했다.

사실 문집을 내는 게 쉬운 일은 아니었다. 원고 모집부터가 난항이었다. 마음이 닫혀 있는 아이들이 순순히 글을 쓸 리 없었다. 우선 아이들의 마음을 여는 게 급선무였다. 한동안 문집은 나올 가망조차 없었다.

그런데 보육원에 개 한 마리가 생기면서 분위기가 달라졌다. 순전히 아이들의 힘으로 개 한 마리를 장만했다.

사연은 이렇다. 철없는 아이들은 이따금 보육원을 방문하는 사람들에게 돈을 달라고 한다. 원장님이나 교사들이 알면 혼쭐이 날 일이었지만 "엉아, 100원만!"이라고 졸라댄다. 산 중턱에 있는 보육원에서는 그렇게 생긴 돈을 쓸 방법이 없다. 근처에 구멍가게나 슈퍼마켓이 없기 때문이다. 교사들이 아이들 옷을 갈아입히거나 빨래를 할 때면 간혹 동전이 발견되곤 한다. 출처를 캐물어 혼을 내기도 하지만 그렇다고 이미 발견한 돈을 버릴 순 없는 노릇이어서 커다란 돼지저금통을 장만했다고 한다.

어느덧 돼지저금통의 배가 가득 차 묵직해졌다. 저금통

을 털어 무얼 할까 고민하던 원장님은 아이들이 모은 돈이니 아이들을 위해서 쓰기로 했고, 고심 끝에 개 한 마리를 사기로 했다. 어린아이들은 저마다 자기 돈으로 산 개라며 애정을 쏟아부었다. 온종일 개와 함께 뛰어다니는 게 일이었다. 그 덕분에 중·고등학교에 다니는 아이들의 표정도 한결 밝아졌다. 방문자가 있을 때마다 방문을 걸어 잠그고 두문불출하던 아이들이 밖으로 나와서 개와 함께 뛰어다니기 시작했다. 개를 앞세운 아이들은 연일 산으로, 들로 뛰어다녔다.

바로 그 개 덕분에 첫 문집이 나오게 되었다. 첫 문집에 초등학생이 쓴 시 한 편이 실렸다. 제목은 「오만원」이었다. 그 시 덕분에 수도 없이 많던 개의 이름이 하나로 정리되었다.

나는 집에 가기가 싫다
엄마가 없어서다
집까지 태워다 주는 보육원 봉고차도 싫다
그 차만 보면 친구들이 나를 놀린다
이젠 집에 오는 게 즐거워졌다

오만원이 생겼기 때문이다
오만 원 주고 샀으니까 이름이 오만원이다

나는 오만원이 좋다
나를 마중 나오고 같이 산에도 다닌다
친구들도 나를 부러워한다

나는 이제 외롭지 않다
겁이 나지도 않는다
나에겐 오만원이 있기 때문이다
오만원은 엄마나 마찬가지다

아이들마다 다르게 불러 최소 10여 개의 이름을 가졌던 개의 이름이 이 시 덕분에 '오만원'으로 굳어졌다. 부르고 싶은 대로 부르던 아이들도 더 이상 고집을 부리지 않았다. '오만원'으로 개의 이름을 통일시킨 소년에게 우리는 '꼬마 시인'이라는 별명을 붙여 주었다. 복슬복슬한 털을 날리는 오만원과 함께 정신없이 뛰놀던 꼬마 시인을 비롯해 천진난만한 아

이들의 표정이 아직도 눈에 선하다.

그러던 어느 날 오만원이 사라져 버렸다. 그날 아이들은 늦은 밤까지 이 산 저 산 헤매면서 목이 터져라 오만원을 부르며 찾아다녔다. 오만원은 끝내 나타나지 않았다. 동네 사람들 말로는 그즈음 동네에 개 도둑이 들끓었다고 했다.

오만원이 사라진 뒤 꼬마 시인은 말이 없어졌다. 얼마나 지났을까, 꼬마 시인도 사라졌다. 이번에는 아이들이 말을 만들었다. 분명히 오만원을 찾으러 갔을 거라고.

오만원과 꼬마 시인이 사라지기 전에 함께 두물머리로 소풍을 간 적이 있었다. 한동안 말없이 흐르는 강물을 응시하던 꼬마 시인이 진지한 표정으로 내게 물었다.

"형, 나도 크면 저 강물처럼 엄마를 만날 수 있을까?"

꼬마 시인에겐 엄마가 있었다. 그래서 더 외롭고 더 쓸쓸했을지 모른다. 두물머리 소풍을 마치고 돌아오는 길에 꼬마 시인의 손을 꼭 잡아 주었다. 엄마와 만날 수 있기를 바라면서.

두 물이 만나 합수하는 곳이라 해서 두물머리다. 두물머리처럼 꼬마 시인도 엄마와 함께 삶의 강을 유유히 흘러가기를 바라고 또 바랐다. 그러나 현실은 만남 대신 이별의 아픔만 더해 줄 뿐이었다.

이름을 지어 줘서 그랬을까, 꼬마 시인과 오만원은 유난히 가까웠다. 개에게 엄마에 대한 그리움을 투사했던 꼬마 시인은 오만원을 얼마나 애틋하게 생각했을 것인가. 오만원의 실종과 부재가 꼬마 시인에게는 또 얼마나 큰 상처이고 좌절이었을까.

꼬마 시인은 어디로 사라진 걸까. 엄마는 만났을까. 만남과 소통의 공간, 두물머리를 지날 때마다 보육원에서 사라져 버린 꼬마 시인과 오만원을 떠올린다. 두물머리가 개발꾼들의 탐욕에 능욕 당하고, 농사짓던 농부들마저 삶의 터전을 빼앗기고 있다는 소식을 접할 때마다 가슴 깊은 곳을 두방망이질 당하는 기분이다. 만남과 소통의 두물머리가 몰수와 저지의 상징이 되었다니! 마치 내 청춘의 추억마저 훼손당한 느낌이다.

가난할 권리

지역 자활 지원센터에서 인문학 강좌를 하던 때의 일이다. 강좌를 마칠 때쯤 수학여행을 가기로 하고 수강생들이 매달 1만 원씩 모았다. 1년 정도 됐을 무렵 제법 큰돈이 모였다. 이제 어디로 갈 것인지만 정하면 될 일이었다. 1박 2일 일정으로 경기도 북부에 있는 계곡으로 가기로 했다. 설레는 마음으로 수학여행을 손꼽아 기다렸다. 그런데 여행 날짜를 이틀

남기고 변고가 일어났다. 하필이면 우리가 가기로 한 곳에 많은 비가 쏟아져 수해가 난 것이었다. 수백 명의 이재민이 발생했다는 뉴스가 속보로 뜨고 있었다. 긴급 대책 회의를 해야 했다. 여행지를 바꾸면 되지 않느냐는 의견이 있었지만, 수해로 난리인 마당에 어디로 가든 마음 편치 않을 것이라는 의견이 대부분이었다. 급기야 여행을 가기보다 우리가 모은 돈을 수재 의연금으로 내놓자는 의견이 나왔다. 그러기로 했다.

우리 마음과 달리 수해 속보와 함께 어이없는 소식이 잇따르고 있었다. 도처에서 수해가 발생해 이재민이 속출하는 가운데 국회의원과 지자체장은 수해 지역을 방문하는 대신 골프장을 찾았고, 지방 의원들은 속속 해외여행에 나섰다는 뉴스였다.

과연 누가 더 부자인가? 가난한 엄마들이 수학여행을 꿈꾸며 1년 동안 모은 돈을 수재 의연금으로 내놓을 때, 돈 많은 사람들은 골프장을 다니고 해외여행에 나섰다. 내 생각에 진짜 부자는 우리였다. 적어도 마음 씀씀이로만 보면 확실히 우리가 부자였다. 가난한 사람이라고 해서 마음도 가난하리라고 생각해선 안 된다. 되레 돈은 많아도 마음은 가난한 사람이 부지기수다. 비록 돈은 없을망정 마음만은 부자인 사람들이 있다. 그런 사람들이 모여서 인문학 강좌를 이어 간다.

몇 년 전 송파에 사는 세 모녀가 집주인에게 집세와 공과금 70만 원을 남겨 둔 채 동반 자살했다는 뉴스를 접했다. 어느 30대 주부는 네 살배기 아들과 함께 아파트에서 몸을 던져 자살했다. 자살한 주부가 남긴 마지막 말은 세금 고지서에 적혀 있었다. 두 건의 뉴스를 접하며 자살 사건이면 으레 나오게 마련인 생활고니, 우울증이니 하는 말은 들리지 않았다. 대신 어이없게도 집세, 공과금, 70만 원, 세금 고지서 등 낯설고 어색한 말들이 튀어나왔다. 그 낯선 말들이 여지없이 흉통을 유발했다. 월세는 선입금이 상례다. 집세를 밀린 적이 없는 세 모녀가 유서처럼 남겨 놓은 그 돈은 살았던 기간에 대한 대가가 아니라 앞으로 살아갈 기간에 대한 대가를 미리 낸 것이다. 공과금도 마찬가지다. 사용한 것에 대한 대가이기는 하지만 동시에 앞으로도 계속 사용하겠다는 약속의 의미이기도 하다. 따라서 세 모녀의 동반 자살은 단지 경제적 어려움을 면피하려 했던 것이라고 보기 힘들다. 어떻게든 살아 보겠다는 의지를 가졌던 세 모녀는 그러나 차가운 주검으로 뉴스에 등장했다.

세 모녀의 절망은 단지 생활고 때문만은 아니었을 것이다. 보증금을 넣어두었을 테니 남기고 간 70만 원이면 얼마간은 생활비를 충당할 수 있었을 것이다. 다친 팔이 나으면 다시 일터로 나가 생계를 이어 갈 수도 있었을 것이다. 그런데도 그들은 아직 살지도 않은 기간의 월세를 미리 내고, 계속 사용하겠다는 의미가 담긴 공과금을 준비해 놓은 뒤 죽음을 선택했다.

정작 우리를 슬프게 하는 건 죽음을 다짐한 순간, 그 절박한 상황 속에서, 죽음에 대한 두려움이나 존재론적 상실감, 삶의 허무와 고통을 생각하는 대신 월세와 공과금을 떠올리고 있는 그들의 착하고 순한 마음이다. 가난한 사람들의 마음이란 늘 그런 식이다. 쉽사리 어려움을 드러내기보다는 혹여 누군가에게 폐를 끼칠까 염려한다. 신세를 지게 될 것이 두려워서 더 깊고 더 좁은 곳으로 몸을 숨긴다. 그런 그들을 강제로 끌어내 어설픈 도움을 주겠다고 설치는 것은 어떤 의미에선 그들을 더 비참하게 만드는 일인지 모른다. 그러니 스스로 나서지 않는 한 그들을 도울 방법을 찾기란 결코 쉬운 일이 아니다.

가난한 사람들의 마음속에는 항상 그런 자의식이 도사리고 있다. 사람으로서의 염치마저 내려놓으면 그건 사람도 아니라는 자학적 도덕률을 품고 있다. 그런 마음은 결코 우연히 형성된 것이 아니다. 가난을 내면화하고 오로지 개인의 문제로 인식하도록 강요한 사회 분위기와 그것을 정당화해 주는 개발주의 국가 이데올로기가 만들어 낸 씁쓸한 풍경이다.

오래도록 우리 사회를 관류했던 성장 이데올로기는 국민을 국가의 주체로 여기지 않는다. 국민은 그저 개조의 대상이거나 소모적 수단이었을 뿐이다. 국민이면서 주체가 아니었던 터라 성장의 과실은 고스란히 소수의 권력층과 그에 편승한 기업들의 차지가 되고, 국민 일반은 철저하게 소외되었다. 산업화가 낳은 병리가 곧 소외이며, 그것은 곧 가난과 불운과 불행의 구조화 혹은 내면화로 이어졌다. 이제 국민은 살기 위한 최소한의 조건을 알아서 만들어 내야 한다. 그렇지 못한 국민은 시쳇말로 선진국 대한민국의 국민이 아니다.

와중에 '복지'라는 말이 돌기 시작했다. 세 모녀와 그 주부는 혹시나 하는 마음으로 문을 두드리려 했을 것이다. 두근두

근했을 것이고, 조마조마했을 것이다. 그러나 들려오는 이야기들이 만만치 않다. 나이가 어떻고, 소득 수준이 어떻고, 피부양자의 자격이 어떻고. 말들도 어렵고 따지는 것도 많으니 결국 우리와는 상관없는 일이려니 생각하며 포기했을 것이다. 암에 걸렸던 남편은 빚만 남기고 죽어 버렸다. 마음의 문은 더욱 굳게 닫혔다.

'일할 수 없으면 죽어야 해. 대신 남에게 폐는 끼치지 말아야지.'

그리 생각하는 것이 국민 된 도리이고, 그게 인간의 마지막 자존심을 지키는 일이라 굳게 믿었을 것이다. 나날이 파편화되어 가는 사회에서 사적 안전망은 작동을 멈춘 지 오래다. 그를 대체해야 할 사회적 안전망도 제대로 작동하지 않는다. 앉아서 기다리는 복지여서는 안 된다. 우선 할 일은 가난한 사람들의 내면을 유심히 들여다보는 것이어야 한다. 동정이 아닌 권리로서의 복지를 이해하도록 설득하고 설명해야 한다. 복지는 가난한 사람들의 마지막 권리를 지켜 주는 일이다.

세상에는 욕망할 권리만 있는 것이 아니다. 가난한 사람들에게도 살아가야 할 권리가 있다. 가난할 권리다.

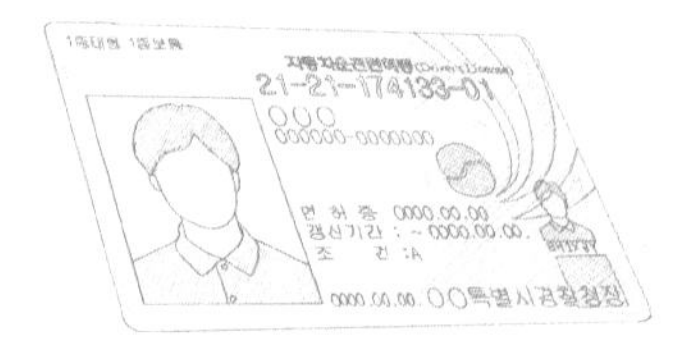

21-21-174133-01
○○○
000000-0000000
면 허 증 0000.00.00
갱신기간 : ~0000.00.00.
조 건 :A

살아야 할 이유

만난 지 10여 년이 지났어도 전화가 온다. 초창기 노숙인 인문학에 참여했던 분들에게서다. 첫정이랄까? 오래된 인연일수록 더 애틋하고 정감이 간다. 전화는 주로 성프란시스대학 1기와 2기 수료생들이 한다. 아쉬운 점은 주로 자정이 넘은 늦은 시간에 전화한다는 것.

통화 내용은 한결같다. 일단 서로의 안부를 확인한다. 이어지는 대화는 대부분 돈 이야기다. 돈 좀 꿔 달라는 거다. 말이 빌려주라는 것이지 실은 좀 도와주라는 뜻인 줄 안다. 요구 액수가 크지 않으니 되도록 보내 주는 편이다.

3만 원 혹은 5만 원. 중년의 남자가 한밤중에 전화해서 돈을 꿔 달란다. 30만 원, 500만 원이 아니다. 꼴랑 3만 원이나 5만 원을 부탁한다. 그게 뭘 의미하는 줄 안다. 밥을 못 먹은 거고, 한기를 녹일 잠자리를 구하지 못한 거다. 거부하기 힘들다. 보내 줄 수밖에 없다.

이 씨에게서 전화가 온 것은 뜻밖의 일이었다. 성프란시스대학 1기 반장을 맡았던 사람이다. 대학을 졸업했고 한때 규모 있는 사업을 하던 사람이다.

인상도 점잖고, 무엇보다 사람을 대하는 태도가 남달랐다. 겸손한 사람이고 인품이 느껴지는 사람이었다. 비록 거리의 삶을 살고 있었지만 몸가짐도 옷매무새도 흐트러지는 법이 없는 기품이 있었다.

"교수님, 안녕하세요?"

"어이쿠, 반장님, 반갑습니다."

"교수님, 참 부끄럽고 죄송한데 저한테 혹시 5만 원 정도 보내 주실 수 있을까요?"

"아, 네. 계좌번호 알려 주세요."

그렇게 첫 거래(?)가 이루어졌다. 두어 달이 지났을까 다시 전화가 왔다. 같은 내용이었다. 5만 원을 빌려달라는. 기꺼이 보내 드렸다. 그로부터 한동안 잠잠했다. 사실 돈을 요구한 사람들의 행동 패턴은 크게 다르지 않다.

일단 돈을 꿔 가면 한동안 연락을 끊는다. 길게는 1, 2년, 짧게는 6개월 정도 연락하지 않는다. 그러다 시간이 좀 지났다 싶을 무렵 다시 전화해서 같은 요구를 한다. 시간이 지났으니 그전의 것은 잊었을 것으로 생각하는 모양이다. 그게 어디 그런가. 이 씨 역시 같은 패턴이었다. 5만 원, 2개월 후 다시 5만 원, 연락 두절.

6개월 정도 지났을 무렵이었다. 이 씨에게서 전화가 왔다. 이번에는 10만 원을 빌려달라고 했다. 역시 군소리하지 않고 보냈다. 돌려줄 거라 믿은 게 아니었다. 그럴 만한 사정이 있으려니 싶었다. 이후 연락이 오지 않았다.

1년여 시간이 지났을 무렵 이 씨에게서 전화가 왔다. 이번에도 돈 이야기를 꺼내면 좀 다르게 대응하겠다고 마음먹으며 전화를 받았다. 우선 안부를 물었다. 돌아온 대답에 생기가 느껴졌다. 생기를 넘어 여느 때와 달리 밝고 큰 목소리, 의기양양하다 느껴질 정도였다. 이유를 곧 알게 되었다.

"교수님, 제가 방금 교수님 계좌로 30만 원 넣었습니다."

그간 이 씨가 내게 가져간 돈에 10만 원을 보탠 액수였다. 의아해서 물었다. 왜 30만 원이나 보내셨냐고. 돌아온 대답이 정겹다.

"교수님, 어머님께 맛난 것 사 주시든지, 저처럼 괴롭히는 친구들 도와주시든지, 알아서 하세요."

질문하지 않을 수 없었다. 도대체 이게 무슨 일이냐고, 어디서 돈이 생긴 거냐고. 즉각적인 답을 하지는 않았다. 대신 조만간 1기 동기들과 한번 놀러 갈 테니까, 시간 비워 두라는 답변이 돌아왔을 뿐이다.

해가 바뀌고 겨울이 끝나갈 무렵이었다. 이 씨와 함께 세 명의 1기 졸업생들이 찾아왔다. 만난 지 10년이 지난 뒤에도 잊지 않고 찾아와 준 것이 반갑고 고마웠다. 막걸릿잔이 몇 순배 돌았다. 거나하게 취기 오른 얼굴로 서로를 오래도록 응시했다. 살아 있음을 확인하는 일이었다. 아직은 희망이 남아 있음을 간직한 표정이기도 했다.

그제야 이 씨의 이야기가 시작됐다.

2년 전이었을 겁니다. 서울역 인근의 전봇대에 붙어 있는 구인 광고를 보자마자 떼어 왔습니다. 다음 날 아침 일찍 연락했죠. 대형 트럭을 운전할 기사를 구하는 광고였어요. 내가 해 보겠다고 하니까 차주가 만나자더군요.

며칠 후 되도록 말끔한 복장을 하고 의정부에 있는 차주를 찾아갔어요. 70대가 훌쩍 넘은 어르신이었는데 정정하더군요. 막상 만나서 차주는 내 나이를 듣더니 좀 망설이는 눈치였어요. 아직은 건강하고 눈도 밝다고 말씀드렸죠. 그때 제 눈빛이 살아 있었나 봐요. 일단 해 보라는 허락을 받아 냈어요.

문제는 그다음이었어요. 실은 운전면허가 말소된 상태였거든요. 게다가 대형 트럭을 몰려면 대형 면허가 필요했으니 완전 부적격자였죠. 사실대로 말씀드렸어요. 써 주기만 한다면 대형 면허를 따겠다고요. 처음엔 어이없는 표정을 지으시더라고요. 당연한 반응이죠. 운전기사를 뽑는데 운전면허가 없는 사람이 일을 시켜 달라고 보채는 꼴이었으니.

믿기지 않겠지만 그 차주가 저를 좋게 보셨나 봐요. 면허를 딸 수 있도록 도와주겠다고 말씀하시는 거예요. 순간, 은인을 만난 기분이었어요. 저를 믿어 준 것이 어찌나 감사하던지 그 뒤로 열심히 학원 다녀서 면허를 땄지요.

면허를 따면 곧바로 운전을 할 수 있는 줄 알았어요. 아니더군요. 일단 조수부터 해야 한다는 거예요. 워낙에 대형 트럭이라 직선 주로로만 달려야 하고 의정부에서 울산까지 장시간 운전을 하는 일이라 조수를 하면서 길도 익히고 거래처 사람들과도 알아가야 한다는 거예요. 그렇게 조수 생활을 시작했죠.

그 시절 교수님께 연락했던 거예요. 조수 생활 중에는 급여라는 게 없고, 낯선 곳에서 혼자 잠을 자려니 술 생각도 나더라고요.

결국 교수님께 5만 원, 5만 원, 10만 원을 부탁드렸던 거죠. 군말 없이 보내 주실 때마다 어찌나 고맙고 죄송했는지 몰라요. 돈 벌게 되면 제일 먼저 교수님께 돈을 부쳐 드리겠다고 다짐했고, 정식 운전기사가 된 뒤 첫 월급 받은 날 이자 10만 원을 붙여서 30만 원을 보냈던 겁니다.

감동적인 사연이었다. 그러나 감동은 뒤로하고 우선 궁금증부터 해소해야 했다. 운전면허도 없이 운전기사 구인 광고를 보고 연락을 했다는 게 도무지 믿어지지 않았던 것이다. 그런 사람을 또 면허를 딸 때까지 기다려 준 차주의 마음 씀씀이 또한 믿기지 않았다. 도리 없이 질문을 던졌다.

"세상에나 면허도 없이 운전기사에 도전하셨다니 믿을 수가 없네요. 그런 용기는 대체 어디서 나오는 건가요?"

돌아온 대답이 결국 나를, 아니 그 자리에서 함께 듣고 있던 모두를 울리고 말았다.

그게 당연합니다. 말도 안 되는 소리로 들리실 테죠. 그러나 사실입니다. 교수님께 굳이 거짓말을 할 이유가 없잖아요. 거리에 쓰러져 있던 저를 일으켜 세운 사람이 두 명 있습니다. 그중 한 분이 교수님이고, 다른 한 사람은 제 딸입니다.

어느 날 제가 기거하는 쪽방으로 딸아이가 찾아왔더군요. 저 찾느라고 고생 많이 했답니다. 전국의 노숙인 쉼터를 샅샅이 뒤졌다는 거예요. 그러다 서울역 인근 다시서기지원센터를 통해 제가 인문학 과정에 참여하고 있다는 사실을 알고 주저

없이 찾아온 거죠.

사업에 망하고 죽지 못해 살다가 결국 집을 뛰쳐나온 게 5년 전입니다. 집을 나설 당시 대학생이었던 딸은 그사이 졸업하고 직장 생활을 시작했답니다. 직장인이 된 뒤 줄곧 저를 찾기 시작했고, 5년 만에 결국 찾아낸 거죠.

딸아이와 참 많이 울었습니다. 눈이 퉁퉁 부은 채 딸아이가 말을 하더군요. 곧 결혼한다고, 결혼식 때 식장에서 아빠 손을 잡고 입장하고 싶다고. 멀쩡히 살아 계신 아빠를 두고 다른 사람 손을 잡고 입장하는 슬픈 신부가 되고 싶지 않다고. 돈 없는 아빠여도 좋으니까, 그때 꼭 와 달라고.

딸이 돌아간 뒤 한동안 아무것도 할 수 없었습니다. 숱한 나날 거리를 배회했고, 술도 많이 마셨지요. 그러다 문득 떠오르는 글이 있었어요.

교수님이 성프란시스대학에서 강의하면서 소개해 준 말이죠. 빅토르 프랑클의 책 『죽음의 수용소에서』에 나오는 철학자 니체의 말이죠. 그 문장을 필사해서 쪽방 벽에 붙여 두었거든요.

"삶의 의미를 알면 어떤 상황(고통)도 이겨 낼 수 있다."

딸아이가 다녀간 후 한동안 방황했지만, 결국 알게 되었죠. 내가 살아가야 할 이유 같은 것을요. 다시 일어서야겠다고 다짐했어요. 살아야 할 이유가 생겼으니까요. 딸 결혼식장에 꼭 가야겠다고, 못난 아빠지만 내 딸을 다른 사람 손 잡고 들어가게 할 수는 없다고.

그러던 어느 날 운전기사 구한다는 광고를 본 거예요. 사실 그것 말고도 구인 광고 볼 때마다 떼어 왔어요. 면접 볼 때마다 번번이 퇴짜를 맞았지만 포기하지 않았죠. 오기 같은 것도 생기더라고요. 참 신기하더군요. 그 오기라는 게 생기면서 문득 내가 살아 있다는 걸 느끼게 되었어요. 그렇게 도전해서 결국 운전직을 얻게 된 거죠.

개새끼
나쁜 새끼

가난보다 더 서러운 '가난의 대물림'

2005년 성프란시스대학이 출범한 이후 노숙인 인문학에 대한 반응이 뜨거웠다. 이듬해 도처에서 인문 강좌를 개설한다는 소식이 들려왔다. 그중 몇몇 곳에서 내게 조언을 요청했고, 직접 강의에 참여해 달라는 곳도 있었다. 그렇게 인연을 맺은 곳이 관악인문대학이다.

관악인문대학은 서울 관악구 난곡동 인근의 저소득 주민

들이 작은 사업단을 꾸리고 있는 자활 지원센터에서 설립했다. 이곳에서도 첫 강의는 내 몫이었다. 애초 철학을 담당하는 교수가 맡기로 한 강의였는데 교통 체증으로 지각하는 바람에 부득이 내가 대신 해야 했다. 수강생 대다수가 여성이었다. 나중에 들어 보니 대다수가 한부모 여성 가장이었다. 입학식 겸 첫 강의에 참여한 사람들 가운데 20명이 관악인문대학의 1기생이 되었고, 그들과 1년여 동안 울고 웃었다.

강좌 초기 수강생들도 서로를 잘 알지 못하던 때였다. 대체로 분위기가 좋았지만 더러는 수강생들 사이에서 신경전이 벌어지는 경우가 있었다. 이를테면, 누가 옷을 좀 야하게 입고 왔다든지, 화장을 진하게 하고 오는 날에는 어김없이 지청구가 날아들었다.

"미친년 공부하러 온 거야, 누구 꼬시러 온 거야?"

당황스러웠지만 어찌해 볼 수 없는 일이었다. 화가 많고 말이 거침없는 분들이려니 하며 지나칠 수밖에 없었다.

그때만 해도 빔 프로젝터가 아닌 화이트보드에 글씨를 쓰면서 수업해야 했다. 문학 과목을 맡은 나는 보드에 삐뚤빼뚤 시 한 편을 적는 것으로 수업을 시작했다. 그날도 같은 방식으로 수업을 시작했다. 화이트보드에 시 한 편을 적고 있을 때였다. 난데없이 뒤통수로 욕이 날아들었다.

"개XX, 나쁜 XX!"

어찌 된 일인가? 내가 무슨 잘못을 했다고 뒤통수로 욕을 얻어먹어야 한단 말인가? 바로 돌아서려다 멈칫했다. 이성을 잃어서는 안 될 일, 우선 냉정해야 했다. 천천히 돌아서서 강의실의 모든 수강생을 일별한 뒤 욕을 한 당사자를 찾아봤다. 범인 색출에 실패했다. 잘못 들었으려니, 보드 쪽으로 몸을 돌려 시의 나머지 부분을 적기 시작했다. 다시 같은 욕이 날아들었다, 뒤통수로.

"개XX, 나쁜 XX!"

더 이상 참을 수 없었다. 발본하지 않고서는 강의를 진행할 수 없을 것 같았다. 단도직입적으로 붙었다.

"누구십니까? 대체 무슨 일이기에 강의 시간에 욕을 하십니까?"

한동안 정적이 흘렀다. 잠시 후 사람들의 시선이 한곳으로 쏠리기 시작했다. 거기, 고개를 떨군 채 몸을 부들부들 떨고 있는 가여운 영혼이 앉아 있었다.

평소 말이 없는 사람이었다. 강의 중 질문을 해도 거의 마지못해 대답할 만큼 수줍음이 많은 사람이었다. 그런 사람이 강의 시간에, 그것도 하필이면 내 뒤통수에 대고 욕을 하다니 믿을 수 없는 일이었다. 일단 그분 표정을 살필 필요가 있었다.

얼마나 울었는지 얼굴이 퉁퉁 부어 있었다. 이유가 뭔지 몹시 궁금했지만 당장 물을 상황은 아닌 듯했다. 1교시가 끝나고 두 번째 시간이 되어서야 겨우 질문을 했다. 대체 무슨 일이 있었던 거냐고. 말하고 싶지 않은 표정이었지만 자신 때문에 강의 분위기가 엉망이 되었다는 걸 안다는 듯 조심스럽게 일어서서 사연을 늘어놓기 시작했다. 덕분에 2교시는 울음바다가 되고 말았다.

그녀는 열여섯 살에 무작정 상경해서 식모살이를 시작했다. 열여덟 살에 동네 어귀의 철공소에 다니는 청년과 눈이 맞아 살림을 시작했고, 아이 셋을 낳았다. 가난했지만 나름 행복한 시절이었다. 하지만 행복은 오래가지 못했다. 몇 년 전 남편이 집을 나갔다. 딴살림을 차린 것이다. 가난에 더해 불안한 나날이 이어졌다. 생계가 막막해 무슨 일이든 해야 했다. 자활 지원센터 교육을 통해 간병 일을 하게 되었다. 형편은 어려웠지만 남편의 소득이 잡히니 혼자 아이 셋을 키우는데도 수급자가 되지 못했다.

미친 듯이 일했다고 한다. 새벽에는 우유 배달을 했고, 주간에는 자활 지원센터에 나와 간병인으로 일했다. 그렇게 해도 아이들 셋을 키우는 일은 쉽지 않았다. 그나마 다행인 건 고등학교 2학년인 큰딸이 일찍 철이 들어서 엄마를 도와준 것이다. 어리지만 닥치는 대로 아르바이트를 하다 보니 동네에서 '알바왕'으로 통했다. 광고지를 돌려도 다른 아이보다 빠르게 더 많이 돌렸다. 큰딸은 그렇게 늘 엄마를 도왔고, 엄마를 지켜 주었다. 자신은 스스로 알아서 대학에 들어갈 테니 엄마는 동생들만 돌보면 된다며 엄마를 안심시키기도 했다. 둘째는 중학교 2학년, 막내는 초등학교 6학년이었다.

문제는 아들인 둘째였다. 어느 날, 아니 그날 일어난 일이다. 모처럼 집에 일찍 들어가니, 그 시간 학교에 갔어야 할 둘째가 집에 있었다. 이불 속에 있는 아이를 일으켜 세웠더니 얼굴에 상처가 보였다. 무슨 일이냐고 채근하니 마지못해 하는 말이 계단에서 넘어졌다고 한다. 아니라는 걸 직감했다. 대체 누구한테 맞은 거냐고 다그쳤다. 돌아온 답이 어이없다. 학교 다니기 싫다는 거다. 그러고 보니 이번만이 아닌 것 같았다. 오래전부터 친구들에게 왕따를 당해 온 눈치였다. 한사코 말리는 아이를 뿌리치고 학교로 갔다. 담임 선생님을 만나서 하소연이라도 해 보고 싶었다.

그러고 보니 아이들 셋을 키우며 학교라는 곳에 가 본 적이 없다. 교무실이 어딘지 몰라 헤매야 했고, 겨우 담임 선생님을 만날 수 있었다. 우리 아이가 오래전부터 아이들에게 맞고 따돌림을 당해 온 것 같은데, 선생님은 모르셨냐고 따져 묻고 싶었다. 그러나 말이 쉽게 나오지 않았다. 모기 같은 목소리로 우리 아이가 학교에서 폭행 당했다는 말을 겨우 했다.

그런데 담임 선생님의 반응이 의외였다. 의자 등받이에 몸을 기댄 채로 앉아서 아무렇지도 않다는 듯 아주 짧게 말을 받았다. 별일 아니니 신경 쓰지 말라는 거였다. 그러더니 이내 몸을 일으켜 다음 수업에 들어가야 하니 어서 돌아가란다. 몸이 굳은 듯 그 자리에 한참을 서 있었다. 아마도 그런 일이 잦아서 그러려니 이해를 하려다가도 울컥 솟구치는 감정은 주체할 수 없었다.

밀려드는 상실감과 허탈함, 서러움을 감당할 수 없어서 몸이 몹시 무거웠다. 겨우 교무실을 빠져나와 교문 쪽으로 운동장을 가로질러 걸었다. 걷다가 그만 그 자리에 주저앉고 말았다. 다리가 풀렸던 모양이다. 주저앉아 얼마나 울었는지 모르겠다. 자기도 모르게 입에선 욕이 튀어나왔다.

"개XX, 나쁜 XX!"

인문학 강의실에 들어와서도 분이 풀리지 않아 정신이 나간 것처럼 그 욕을 되뇌었다고 한다. 그러고는 강의를 망치게 해서 미안하다, 죽을죄를 지었다, 다시는 이런 일 없도록 하겠다, 정말 미안하다 말했다.

말이 채 끝나기도 전에 여기저기서 "개XX, 나쁜 XX!" 소리가 동시에 터져 나왔고, 곧 합창이 되었다.

"개XX, 나쁜 XX, 개XX, 나쁜 XX, 개XX, 나쁜 XX."

울음소리가 터져 나왔다. 심지어 고개를 들고 천장을 바라보며 통곡하는 이도 있었다. 말을 마칠 무렵 몇몇은 그에게 다가가 안아 주기도 했다. 끌어안은 채 함께 울어 주었다. 그렇게 강의실이 눈물바다가 되고 말았다.

그녀의 아픈 고백이 있고 난 뒤 강의실 분위기가 달라졌다. 수강생끼리 더 이상 싸우지 않았다. 욕을 하지도 않았고, 서로 존댓말을 쓰기 시작했다. **비로소 알게 된 것이었다. 저리 웃고 있어도 다 사연이 있고, 그럴 만한 이유가 있다는 걸. 화장을 짙게 하는 건 얼굴의 흉터를 가리기 위해서라는 걸 이해하기 시작했고, 옷이 화려한 건 되레 가난을 드러내고 싶지 않은 마음이라는 것도 알게 되었다.**

무엇보다 달라진 건 함께 일을 해 보자는 분위기가 생긴 것이었다. 한 팀은 꽃가게를 열기로 했고, 다른 한 팀은 돼지 곱창을 메뉴로 하는 선술집을 차리기로 결의했다는 소식도 들었다.

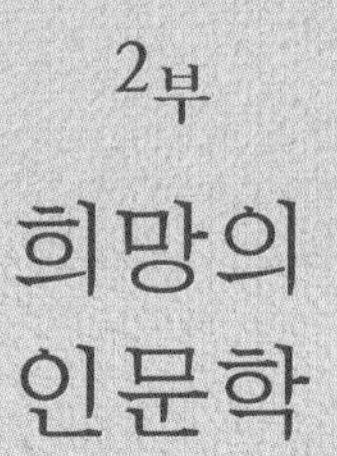

2부

희망의 인문학

"인문학의 학문적 의미는 모릅니다. 다만 내가 생각하는 인문학이란, 술 취해 거리에 쓰러져 있던 나를 일으켜 세워 주고, 밥도 주고 지식도 주고, 무엇보다 생각이라는 걸 하게 해 준 게 인문학입니다."

16년 만에 사랑을 고백하다

노숙인 인문학 강좌에서도 MT를 간다. 2006년에는 강화도와 북한산으로 갔고, 2007년에는 강원도 홍천강으로 갔다. 딱히 책정된 예산이 없으니 MT는 그야말로 소박하게 진행할 수밖에 없었다. 첫해 강화도와 북한산에 갈 때는 우리 집 식구들의 도움을 받아야 했다. 팔순의 어머니와 직장 생활로 바쁜 아내가 새벽에 일어나 김밥을 싸서 내 손에 쥐여 줬다. 김밥이 담긴 쇼핑백을 양손에 들고 기차 타고 서울역으로 올라갔더니 다시서기지원센터의 실무자가 승합차를 몰고 마중 나와 있었다. 승합차 한 대와 승용차 한 대가 우리의 이동 수단이었다.

강화도에서 김밥을 나눠 먹으며 노숙인들은 연신 어머니께 감사하다는 말을 되뇌었다. 북한산 산행 때는 어머니가 사탕을 한 움큼 싸 주셨는데, 그 역시 큰 도움이 됐다. 이듬해 한사코 어머니께 인사를 하고 싶다는 분이 있어서 집으로 초대했고, 어머니가 끓여 주신 김치찌개를 먹고 돌아가기도 했다. 10여 년 뒤 어머니가 돌아가시자, 당시 MT를 갔던 분들이 문상을 왔다.

2007년에는 제법 규모를 갖춘 MT를 갔다. 첫해에는 참석하지 않았던 교수들이 함께했고, 학생들 또한 1, 2기 졸업생과 3기 재학생까지 20여 명이 동행했다. 얼추 30명이나 되는 대식구가 함께 움직였으니 제법 MT 분위기가 나기도 했다.

홍천강 도착 후, 강 구경과 공놀이에 다들 여념이 없을 때 나와 복지사들은 분주하게 음식을 준비했다. 나는 돼지갈비 굽기 담당이었다. 딴에는 정성스럽게 구웠고, 얼추 먹을 만하다 싶을 때 사람들을 불러 모았다.

"고기 다 구웠어요, 어서 와서 드세요."

열 명 정도가 야외 식탁 앞에 모였다. 그런데 어찌 된 일인지 아무도 고기에 손을 대지 않았다. 이유를 물었다, 왜 안 먹느냐고. 열심히 구웠으니 어서 먹으라고 했다. 그중 한 명이 나서서 난처한 상황을 설명해 주었기 망정이지 하마터면 서운할 뻔했다. 안 먹는 게 아니라 못 먹는 거라고 했다.

그제야 알게 되었다. 치아가 성한 사람이 한 명도 없었던 것이다. 오랜 노숙 생활로 건강이 좋지 않다는 것쯤은 알고 있었지만, 치아 상태가 그 정도로 심각한 줄은 몰랐다. 하물며 거기 모인 모두가 그렇다니.

그날 경험을 토대로 강의 때마다 수강생들에게 질문을 하곤 한다. 신체 중에서 가난이 가장 먼저, 가장 심각하게 치고 들어오는 곳이 어딘 줄 아느냐고. 묻고 스스로 답을 한다. 두말할 것도 없이 치아라고. 치아 질환은 대체로 의료보험 적용이 안 되고, 치료에 큰 액수가 들기 때문에 치료할 엄두를 내지 못한 채 오랜 기간 방치하는 경우가 많다. 치아 질환이 있으면 결국 섭생에도 문제가 생긴다. 노숙인들이 안주 없이 깡소주만 마시는 이유다.

안주 없이 마시는 술은 순식간에 취기를 불러온다. 해 질 무렵부터 시작한 술판이니 다들 취기가 오를 수밖에 없는 밤이었다. 그래도 모처럼 야외로 나왔으니 분위기를 띄울 필요가 있었다. 장작을 쌓고 불을 지피자 그럴싸한 캠프파이어 분위기가 되었다. 둥글게 둘러서서, 혹은 막걸리를 마시고, 혹은 두런두런 대화를 나누며 즐겁고 행복한 한때를 보내고 있었다. 바로 그때 어디선가 난데없는 질문이 날아들었다.

"인문학이라는 게 대체 뭡니까?"

일순 분위기가 싸늘해졌다. 여기저기서 힐난이 날아들기도 했다. 좋은 분위기 깨지 말라는, 굳이 여기까지 와서 그런 질문을 왜 하느냐는, 강의 시간에나 열심히 들을 것이지 괜히 여기서 분위기 망치려고 작정한 거냐고.

서너 명의 교수와 10여 명의 1, 2기 졸업생들 중 누구도 선뜻 대답하지 않았다. 애써 무시하는 것일 수도 있겠고, 분위기 깨지 말자는 암묵적 합의였을 수도 있겠다. 그때 놀라운 일이 일어났다. 3기 재학생이었다. 교수들도, 졸업생들도 외면한 엉뚱하고 생뚱맞은 질문에 인문학 강의를 들은 지 불과 3개월밖에 안 된 3기 재학생이 선뜻 답을 하겠다고 나선 것이었다.

우선 그는 자신의 처지에 대해 말하기 시작했다. 다소 길고 지루한 이야기였지만 아무도 토를 달거나 말리지 않았다. 어쩌면 그에게서 평소 궁금해했던 인문학의 의미를 새롭게 깨닫게 될지 모른다는 기대감도 한몫했을 것이었다. 3기 재학생 임 씨는 자신의 안타까운 사연과 더불어 인문학 강의를 들으러 온 이유, 3개월 동안 수강하면서 느낀 소회를 순차적으로 차분히 밝혔다.

우선, 임 씨는 자신을 제주도 출신으로 소개했다. 부모로부터 건물을 물려받은 덕분에 남부럽지 않게 살았다. 노름에 빠지기 전까지는. 노름으로 재산을 다 날리고 무작정 서울로 올라왔다. 처음에는 노동판을 전전했는데, 일하다 여기저기 다치는 바람에 더 이상 일을 할 수 없었다. 그때부터 술에 의존했고, 결국 거리의 삶을 살게 되었다.

그래도 가족을 잊을 수 없어서 틈나는 대로 아내에게 전화했다. 아내와 금슬이 나쁘지 않았다. 자녀가 무려 네 명이나 된다.

거리 생활을 하며 아내에게 거짓말을 하기 시작했다. 곧 성공해서 돌아갈 거라고, 곧 큰돈 벌 텐데, 지금 좀 급하니 얼마만 부쳐 달라고. 그렇게 여러 차례 속은 아내는 더 이상 돈을 보내지 않았고, 임 씨의 말을 믿으려고 하지 않았다. 한동안 아내에게 전화하지 않았다. 전화하면 헤어지자는 말만 반복하는 게 싫었다. 그렇게 거의 남이 되어 가고 있었는데, 인문학 강의를 들으면서 다시 아내에게 전화하기 시작했다. 지난주에도 통화했다.

인문학 강의를 들으면서 임 씨는 자신이 변화하고 있다는 걸 실감했다. 아내와 지난주 통화에서는 그동안의 거짓말을 털어놓으며 사과하기도 했다. 무엇보다 아내에게 사랑한다고 고백했다. 연애 기간 포함해서 만난 지 16년이 되도록 사랑한다고 말한 건 그때가 처음이었다. 무뚝뚝한 성격이기도 하지만 기본적으로 잘 표현하지 않는 게 습관이었다.

"인문학이라는 것이 뭔지 솔직히 잘 모릅니다. 다만 나 같은 개차반의 입에서 '여보, 사랑해!'라는 말이 나오더라고요. 인문학의 학문적 의미는 모릅니다. 다만 내가 생각하는 인문학이란, 술 취해 거리에 쓰러져 있던 나를 일으켜 세워 주고, 밥도 주고 지식도 주고, 무엇보다 생각이라는 걸 하게 해 준 게 인문학입니다. 나 같은 개차반의 삶을 사는 놈의 입에서 16년 동안 아이 넷 낳고 살면서 단 한 번도 표현하지 않았던 말을 하게 해 주었습니다. 그 말을 들은 아내도 굉장히 놀라는 눈치였습니다. 덕분에 그동안의 미움과 걱정도 좀 내려놓게 되었나 봅니다. 다음 달에 저를 만나러 서울로 올라오기로 했습니다. 몇 년 만인지 모르겠어요. 인문학 강의 들은 뒤 저는 솔직해졌고, 진심으로 고백했고, 덕분에 아내를 다시 만나게 됐습니다."

다소 긴 이야기였지만 다들 경청해 주었다. 임 씨의 이야기가 끝날 무렵, 혹은 박수를, 혹은 환호성을 내질렀다. 공감의 표현이었고, 동의의 마음이었고, 아내와의 재회를 축하하는 의미였을 것이다. 나는 그저 멍한 표정으로 밤하늘을 올려다보기만 했다. 문득 집에 전화를 해야겠다고 생각했고, 화장실에 가는 척하며 자리를 떴다. 그러나 아내에게 전화해서는 끝내 사랑한다는 말은 하지 못했다.

2005년 노숙인 인문학을 시작하면서 교수들과 여러 차례 세미나를 했다. 노숙인들에게 인문학을 가르치기 위해서는 교수들이 우선 인문학의 의미를 되새겨야 할 필요가 있었다. 여러 책을 읽었고, 다양한 논의를 진행했다. 하지만 정작 인문학의 의미를 논하면서는, 그저 막연하고 두루뭉술하고 공허한 얘기만 나왔을 뿐이었다.

실천 속에서 차차 익히고 느끼고 깨닫게 되리라 믿으며 서둘러 노숙인 인문학 강좌를 열었다. 그로부터 3년의 기간이 지난 뒤, 홍천강 MT에 와서 어떤 교수의 설명도 아니고, 꿋꿋하게 자활의 길을 걷고 있는 졸업생도 아닌, 3기 재학생의 입을 통해 인문학의 의미를 듣게 되었다. 그 어떤 책에서도 보지 못했고, 그 어떤 교수에게서도 듣지 못했던 인문학의 새로운 의미를 알게 되었다.

인문학은 16년 만에 아내에게 사랑한다고 말을 하게 해 주는 학문이었다. 인문학은 생각하지 않았던 것을 생각하게 하고, 표현하지 않았던 말을 표현하게 하는 것이었다. 생각의 힘을 키우고, 마음의 근육을 단단하게 해 주고, 다시 희망의 삶을 살도록 해 주는 것이 인문학이었다.

노숙인 임 씨는 그 뒤로 가족과 재회했고, 노숙 생활을 청산하기 위한 준비에 들어갔다. 속된 욕망을 버리고 거짓의 삶을 내던지고, 다시 성실하고 근면한 가장으로 돌아갈 것을 몇 번이나 다짐하고 다짐한 끝에 아내의 마음을 움직인 것이다. 무엇보다 16년 만에 처음으로 사랑한다고 말한 것이 결정적 계기가 되었을 것이다.

그해 겨울은 따뜻했네

홍천강 MT에서 인문학 덕분에 16년 만에 아내에게 사랑을 고백하게 됐다고 말한 노숙인 임 씨. MT를 다녀온 뒤 임 씨에게 커다란 변화가 일어났다. 우선 거리 노숙을 청산했다. 그리고 이런저런 일을 시작하면서 서울역 맞은편에 쪽방을 얻었다. 오랫동안 연락이 닿지 않던 가족과도 재회했다. 아들과 함께 아내가 찾아왔을 때 임 씨는 더 이상 회피하거나 속이지 않고 자신의 현실을 있는 그대로 보여 주었다. 참담한 현실이었지만 아내는 그대로 받아 주기로 했고, 임 씨의 달라진 삶의 태도를 보면서 기다려 주기로 했다.

무엇보다 큰 변화는 임 씨에게 동거인이 생긴 것이었다. 엄마와 함께 아빠를 찾아왔던 아들은 한사코 아빠와 떨어지려 하지 않았다. 마침 겨울 방학이었던 터라 부득이 임 씨는 방학 동안만이라도 아들과 함께 지내기로 했다. 그렇게 임 씨 부자의 한겨울 쪽방 동거가 시작되었다.

딱 봐도 영락없는 부자지간이었다. 코밑에 거뭇거뭇한 솜털이 나기 시작한 중3 아들은 어느덧 아버지를 쏙 빼닮은 청년의 모습이었다. 부자는 온종일 한 몸처럼 붙어 다녔다. 아빠가 일터에 나갈 때도 함께했고, 시간이 남아 서울역 주변을 어슬렁댈 때도 함께했다. 서울역 주변의 노숙인들 사이에서 임 씨 부자를 모르는 사람이 없을 정도였다. 한편으로는 부자를 부러워했고, 한편으로는 아들이 기특하다며 용돈을 챙겨 주는 이도 있었다. 쪽방에는 동료 노숙인들이 챙겨 준 물건이 쌓이기 시작했다. 이불을 보내 준 이도 있었고, 전기장판을 챙겨 주는 이도 있었다. 임 씨 부자는 그 존재만으로 서울역 노숙인들에게 훈훈함을 선사하는 귀한 존재가 되었다.

인문학 강좌에도 함께 나오기 시작했다. 첫날 난리가 났다. 아들을 보는 수강생들의 입장과 반응이 크게 엇갈렸다. 더러는 난감해했고, 더러는 기특하다며 반겨 주었다. 혹자는 임 씨의 아들 덕분에 살맛이 난다고 좋아했고, 혹자는 불편하다며 인상을 쓰기도 했다. 복잡하고 다양한 반응 속에서도 공통점은 있었다. 누구랄 것도 없이 친절하게 대해 주었고, 뭐라도 챙겨 주지 못해 안달이었다. 무료 배식소에서는 아들을 가장 앞자리에 서게 했고, 맛있는 걸 되도록 많이 퍼 주라고 배식 담당에게 압력을 넣기도 했다.

아들도 그런 어른들의 마음을 모르지 않는 눈치였다. 늘 웃는 낯을 하려 애를 썼고, 아빠 말 잘 듣는 착한 아들이 되려고 노력했다. 밥을 먹을 때는 씩씩했고, 강의 시간에는 조용히 앉아 들었고, 강의 후 어른들의 술자리에서는 열심히 안주를 흡입해 보는 어른들을 흐뭇하게 해 주었다.

단, 하나 이상한 점이 있었다. 인사성이 없다는 것이었다. 무릇 어른을 만나면 머리를 조아려 인사를 해야 하거늘, 귀엽고 기특하기만 한 그 아들은 도통 어른을 봐도 인사하는 법이 없었고, 더러는 인상을 찌푸리기까지 했다. 누군가 그걸 지적했던 모양이다. 왜 어른을 보고도 인사하지 않느냐고. 그 날 이후 며칠 동안 아들이 보이지 않았다. 서울역에서도, 강의 때도 더 이상 아들은 아빠와 동행하지 않았다. 그게 안타깝고 염려스러워서 부득이 내가 나서게 되었다. 임 씨에게 넌지시 아들 안부를 물었다. 어찌 된 일이냐고, 그새 집으로 내려갔느냐고.

머뭇대던 임 씨가 난감한 표정을 지으며 대답했다. 아들 시력이 거의 장님 수준이라는 걸 최근에 알게 되었고, 그걸 알면서도 안경을 맞춰 주지 못하고 있어서 속이 상한다는 말이었다. 덩달아 한숨이 나왔다. 인사성이 없는 게 아니라 사람을 알아보지 못할 만큼 시력이 떨어져 있었던 것이다. 가난한 아빠에게 안경 이야기를 꺼내지 않던 아들이 누군가로부터 인사성 없다는 지적을 받자 더 이상 아빠와 함께 돌아다니지 않기로 하고, 쪽방에만 머물고 있다는 것이었다.

난방도 되지 않는 한기 가득한 쪽방에 혼자 머물고 있을 아들을 생각하니 여간 속이 상하는 것이 아니었다. 임 씨에게 아들을 데리고 오라고 말했고, 이튿날 아빠와 함께 나온 아들과 함께 인근 안경원을 찾았다. 검사 결과 아들의 시력은 일반 안경으로는 교정이 안 될 정도로 심각한 수준이었다. 거의 특수 안경을 맞춰야 하는 수준이어서 비용도 만만치 않았다. 망설일 일이 아니었다. 당장 안경을 맞춰 주기로 했고, 제작에 최소 며칠은 걸린다는 말을 들으며 아들과 함께 안경원을 나왔다.

일주일 뒤 임 씨가 아들을 데리고 인문학 강좌에 나왔다. 아들의 표정은 한결 밝아 보였고 인상을 쓰지도 않았다. 무엇보다 안경을 쓴 아들의 인물이 훤하게 살아난 느낌이었다. 보는 어른들에게 연신 머리를 조아리며 인사하는 아들을 물끄러미 바라보다 그만 고개를 돌리고 말았다. 행여 눈가에 고인 물기를 들킬까 싶어서였다.

2월의 어느 날, 아들이 내게 인사를 왔다. 방학이 거의 끝날 무렵이라 집에 내려가야 한다며 작별 인사를 하러 왔다는 것이었다. 지갑에 든 돈을 그대로 아들 주머니로 옮겨 주었다. 가서 엄마 말 잘 듣고 동생들도 잘 보살피는 든든한 형이 되라는 당부도 잊지 않았다. 어렵게 사는 아빠를 외면하지 않고 함께 살아 보겠다고 한 건 큰 용기가 필요한 일이었고, 그렇게 해 줘서 고맙고 자랑스럽다는 말도 전했다. 아들을 떠나보내는 수강생 대다수가 침통한 표정이었다. 뭐 하나 해 준 게 없다며 자책하는 분도 있었고, 가난한 아빠에게 큰 힘이 되어 주었다고 격려하는 사람도 있었다.

아들과 함께 있는 동안 임 씨는 정말 열심히 살았다. 당장 가난을 벗을 순 없지만 아들에게 열심히 노력하는 모습이라도 보여 주려 했다는 건 아들도, 나도, 동료들도 충분히 인정할 만했다. 특히 아들과 함께하는 동안 임 씨의 얼굴에서는 생기가 돌았고, 늘 밝은 표정이었다. 그게 또 보기 좋았다.

그해 겨울은 임 씨에게도, 서울역의 노숙인들에게도, 인문학 강좌 수강생들에게도 그 어느 해 겨울보다 따뜻하고 푸근한 겨울이었다. 단 한 사람, 임 씨 아들의 용기와 천진함이 만들어 낸 따뜻함이었다. 그 겨울 임 씨의 아들은 서울역 노숙인들에게 희망의 아이콘이었고, 모두의 아들이었고, 인문학 강좌의 꽃이었다. 덕분에 따뜻한 겨울을 날 수 있었다. 고맙다, 아들.

아들이 떠난 뒤 한동안 임 씨를 볼 수 없었다. 찾아가 볼까 싶었지만 그러지 않았다. 그의 허탈함을, 그의 외로움을,

그의 슬픔을 섣불리 달래 줄 자신이 없었다. 몇 년 만에 만난 아들을 난방도 안 되는 쪽방에서 끌어안고 잠을 청했을 임 씨를 떠올렸고, 노숙인의 아들이라는 말을 들어도 좋으니 그저 아빠와 함께 있고 싶다고 말하는 아들을 물끄러미 바라봤을 임 씨의 마음도 떠올려 봤다. 그런 임 씨가 아들을 집으로 돌려보내고 얼마나 긴 한숨과 자책감에 빠져들었을지 쉽게 헤아릴 수 없는 일이라 생각했다.

아들을 떠나보낸 뒤 임 씨가 매일 술에 절어 있더라는 소문이 돌았고, 가족들과 함께 살기 위해 다양한 일을 준비하고 있다는 말도 들렸다. 그 모든 것은 단지 소문에 지나지 않았다. 정작 분명한 사실은 임 씨가 어느 날 서울역 광장에서 쓰러져 있었다는 것뿐이다. 그렇게 거리의 삶을 살던 임 씨는 거리에서 생을 마감했다. 떠나는 순간 아마도 임 씨의 마음에는 아들의 얼굴이 떠올랐을 것이다. 아들과 함께 서울역 주변을 자유롭게 떠돌아다니던 그 시절을 떠올리며 고달팠던 생의 마지막 순간, 어쩌면 미소를 머금었을 것이다.

나름 새로운 삶을 살기 위해 발버둥 쳤고, 끝내 헤어졌던 가족과 재회하는 기쁨을 맛보기도 했다. 그러나 그것으로 그

만이었다. 패자부활전이 허용되지 않는 이 척박한 땅에서 그의 몸부림은 메아리 없는 절규에 불과했다. 그의 사망 소식을 접한 뒤 집으로 돌아와 심한 몸살을 앓았다. 한동안 아무것도 할 수 없었다. 겨우 몸을 일으킨 뒤 그의 삶과 죽음을 기록했다. 그렇게 기록하고 기억하는 것이 내가 할 수 있는 최선의 일이라 생각했다.

사람답게 한번 살아 보려고요

5년 전 대전의 노숙인 시설에서 강의 제안을 받았다. 알고 보니 애초 다른 사람에게 먼저 제안했던 것이었다. 그게 돌고 돌아 내게로 왔다. 턱없이 적은 강사비에다 대상이 노숙인이라는 말에 여러 사람이 손사래를 쳤던 모양이다. 나까지 거절하면 안 될 것 같았다.

첫 강의 때 그를 만났다. 쉬는 시간에 20대 후반쯤으로 보이는 청년이 뒤따라 나오더니 스스럼없이 내 앞에서 담배를 꺼내 무는 것이었다. 경석이(가명)였다. 명색이 선생인데, 서슴없이 담배를 무는 게 그리 좋아 보이지는 않았다. 말을 섞고 싶지 않았다. 그렇다고 걸어오는 말을 막을 수는 없었다.

"강의 중 하신 말씀 중에 '삶의 의미를 아는 사람은 어떤 상황도 이겨 낼 수 있다'는 빅토르 프랑클의 말이 인상적이었어요."

어눌한 듯하면서도 힘이 실린 목소리였다.

"책 좀 추천해 주세요. 저도 공부하고 싶어요."

진지한 표정이었다. 그쯤 말을 섞지 않을 수 없었다.

"책은 얼마든지 추천할 수 있지요. 그런데 어떤 공부를 하고 싶은 건가요?"

잠시 머뭇대던 경석이가 말을 받았다.

"저도 사람답게 살아 보고 싶어서요. 제 꿈은 사회복지사예요."

경석이는 강의실 쪽을 가리키며 말을 이었다.

"저분들에게 필요한 게 뭔지 누구보다 잘 알거든요."

말을 끝내는가 싶더니 대뜸 전화번호를 물어왔다. 그렇

게 경석이와 전화번호를 교환하게 되었다.

몇 개월 뒤 경석이에게서 전화가 왔다. 예의 씩씩한 목소리였다.

"다음 달에 선생님께서 내려오신다는 얘기 들었어요. 오시면 제가 모시고 싶어요."

모신다는 말에 피식 웃음이 나왔지만 딱히 마다할 것까진 없지 싶었다. 그렇게 경석이와 만남이 시작됐다. 대전에 내려갈 때마다 우리는 선생과 제자로, 혹은 친구처럼 친밀하게 교류했다.

1년여가 지난 뒤에야 경석이가 거리의 삶을 살게 된 사연을 알게 되었다. 이혼한 부모 양쪽으로부터 버림받은 뒤 10대 때부터 술에 의존하기 시작했다고 한다. 20대 초반에는 알코올 중독자가 되었고, 거리에 쓰러져 잠들기가 다반사였다. 노숙인 시설과 거리를 전전하는 삶을 살게 되었다. 어느덧 20대 후반의 나이가 됐다.

'거리의 인문학자'라는 사람이 대전에 온다는 소식을 듣고 경석이는 별생각 없이 강의에 참석했다고 한다. 그런데 강의를 듣던 중 불현듯 인생의 답을 찾은 느낌이 들었다고.

지금 경석이는 꿈을 현실로 만들고 있다. 사이버대학 입학을 목표로 악착같이 돈을 모았고, 1년 만에 대학 등록금을 마련했다. 대학 입학 후 3년의 세월이 흘렀다. 근황을 물으니, 올 8월에 조기 졸업을 하게 되었고, 곧바로 사회복지직 공무원 시험을 볼 계획이라고 말한다. 예의 밝은 목소리였다. 듣다가 그만 울컥하고 말았다. 여전히 힘겹게 사는 청년들을 위해서 그의 이야기를 신문에 소개해도 되겠는지 물었다. 망설임 없이 "좋아요!"라고 답해 왔다.

특강 한 번 하기로 했던 것이 어느새 5년째에 접어들었다. 매달 대전 노숙인 시설에서 강의를 하기 위해 대전으로 내려간다. 요즘은 직접 강의하는 대신 다른 강사를 소개한다. 딱히 내려가지 않아도 된다. 그래도 늘 강사와 동행한다. 그래야 마음이 놓인다. 그리고 거기, 대전에 내 친구 경석이가 있다. 매달 대전에 내려가는 이유다.

내 소개로 난생처음 노숙인 강의를 경험한 강사에게 소감을 묻곤 한다. 20대, 젊은 노숙인이 그렇게 많은 줄 몰랐다는 대답이 주를 이룬다. 5년 전, 경석이를 만났을 때의 내 느낌이 꼭 그랬다. 코로나19 이후 젊은 노숙인이 점점 느는 추세다. 10여 명의 수강생 가운데 20, 30대가 반을 차지한다. 청년 문제의 심각성이 엉뚱한 곳에서 확인되고 있는 셈이다. 적이 당혹스럽다.

제2, 제3의 경석이를 기대해 본다. 쉬운 일은 아니다. 누군가 지속적인 관심과 믿음으로 관계 맺기를 시도해야 비로소 가능해지는 일이다. 내 친구 경석이의 대학 조기 졸업을 미리 축하한다. 공무원 시험 합격도 기원해 본다. 무엇보다 사람답게 살아 보겠다는 경석이의 꿈이 이루어지기를 진심으로 바란다.

비교적 어린 나이에 알코올 중독에 빠진 경석이가 다시 일어서서 새로운 삶을 꿈꾸기까지는 참으로 많은 사람의 관심과 도움이 있었을 것이다. 우선 떠오르는 사람은 대전반올림센터의 김의곤 센터장과 사회복지사들이다. 아울러 보이지 않는 곳에서 겉으로 드러나지 않게, 거리의 사람들에게 물심양면으로 도움을 주신 분들이 있다는 것도 알고 있다.

특히 그 어느 때보다 혹독하고 가혹했을 코로나19 시기 거리의 사람들을 보호하기 위해 각고의 노력을 기울인 센터의 직원들에게 새삼 경의를 표하지 않을 수 없다. 그런 노력과 헌신 덕분에 노숙인들 또한 센터에서 마련한 자활 사업에 꾸준히 참여하면서 삶의 희망을 만들어 낼 수 있었으리라.

경석이의 경우를 보면서 '회복탄력성'이라는 말이 떠오른다. 김주환 교수가 쓴 『회복탄력성』에 새겨 둘 사례가 등장한다.

1950년대 하와이의 카우아이 섬에서 진행된 종단 연구(

동일한 현상에 대하여 일정한 시간 간격을 두고 측정을 되풀이하는 연구 방법)에서 길어 올린 이야기다. 인구 3만의 작은 섬은 대대로 지독한 가난과 질병에 시달렸다. 주민 대다수가 범죄자나 알코올 중독자 혹은 정신 질환자였고, 학교 교육이 제대로 이루어지지 않아 청소년 비행 문제도 심각한 수준이었던 곳이다.

연구자들은 1955년에 카우아이 섬에서 태어난 신생아 833명을 대상으로 이들이 어른이 될 때까지 추적 조사하는 대규모 연구 프로젝트에 착수했다. 가설은 이랬다. 나쁜 환경에서 나고 자란 아이들은 응당 비행 청소년, 범죄자 혹은 중독자의 삶을 살게 될 것이라고.

연구 결과는 놀랍게도 833명의 아이들 가운데 고위험군으로 분류된 201명 중 3분의 1에 해당하는 아이들이 가설을 깨고 모범적으로 성장하고 있는 것으로 나타났다. 어려운 환경 속에서 이 아이들이 잘 적응하고 훌륭하게 성장할 수 있었던 비밀은 무엇이었을까? 도대체 무엇이 이 아이들이 좋은 환경에서 태어나고 자란 아이들 이상으로 사회 적응을 잘하게 만들어 준 걸까?

회복탄력성이다. 회복탄력성(resilience)이란 원래 제자리로 되돌아오는 힘을 일컫는 말로 '회복력' 혹은 높이 되튀어 오르는 '탄력성'을 뜻한다. 심리학에서는 주로 "시련이나 고난을 이겨 내는 긍정적인 힘"을 의미하는 말로 쓰인다.

카우아이 섬 연구에 참여했던 에미 베르너(Emmy E. Werner) 교수는 40년에 걸친 연구를 정리하면서 회복탄력성의 핵심적 요인을 발견했다. 답은 인간관계였다. 어려운 환경에서도 제대로 성장한 아이들이 예외 없이 지닌 공통점은 그 아이의 입장을 무조건적으로 이해해 주고 받아 주는 어른이 적어도 한 명은 아이 곁에 있었다는 점이다.

주디스 리치 해리스(Judith Rich Harris)의 『개성의 탄생』에서도 역시 그와 같은 사례를 보여 준다. 해리스는 아이의 성격과 인성을 결정하는 요인은 유전자나 양육환경이 아니라 인간관계라고 단언한다. 결국 한 사람의 성격과 정체성은 삶의 과정 속에서 다양하게 형성되는 인간관계에 좌우된다는 것이다. 신영복 선생의 『강의, 나의 동양고전 독법』의 서문에 나오는 '관계론' 또한 같은 맥락이다. 인간(人+間)이라는 말속에 이미 인간의 존재 방식과 존재 양식이 담겨 있다.

살다 보면 누구나 고난을 겪고, 난관에 부닥치게 마련

이다. 산다는 건 어쩌면 수많은 도전과 어려움을 극복해 나가는 과정일지 모르겠다. 다행스럽게도 우리는 인생의 모든 역경을 이겨 낼 잠재적인 힘을 가지고 있다. 그게 바로 회복탄력성이며, 그것은 인간관계를 통해 축적된 힘이다.

여러모로 부족한 내가 누군가의 삶에 개입하게 되리라곤 생각해 보지 못했다. 하물며 나라는 미약한 존재가 누군가에게 희망의 증거가 되거나 삶을 변화시키는 데 도움이 될 것이라고는 상상조차 해 본 적이 없다. 경석이의 변화는, 경석이의 꿈꾸기는 오로지 그 자신의 의지에 힘입은 것이며 그 의지의 일단은 그가 오롯이 받아들인 인문학의 힘에 연원한다.

나는 단지 그에게 인문학을 소개했을 뿐이다. 거기에 약간 보탠 것이 있다면 그에 대한 연민과 관심, 애정이었다. 내 작은 관심에 그는 크게 보답해 주었다. 스스로 변화하기 위해 노력했고, 스스로 목표를 세우고 그것을 실현하기 위해 기꺼이 고통을 감내했다.

경석이를 생각하면 저절로 웃음이 나오기도 하고 뭉클해지기도 한다. 기뻐서 웃음이 나오고, 고마워서 눈물이 난다. 경석이를 통해 정작 용기를 얻은 건 나 자신이다. 내 활동에

회의가 들 때, 고통스러운 상황에 놓일 때면 경석이를 생각한다. 내가 그에게 다가갔듯 이젠 그가 내 고통의 나날을 살펴 주고 있는 느낌이다. 그렇게 우리는 친구가 되었다.

수녀님, 수녀님, 엄마 수녀님

인천의 '마리아의집'은 미혼모 시설이다. 원장 수녀님의 부탁을 받고 인문학 강의를 하게 되었는데, 처음 4개월 동안은 그야말로 죽을 맛이었다. 격주 강의를 4개월이나 했으면 얼추 10여 회를 진행한 셈이다. 그런데도 여전히 강의 분위기는 엉망이었다. 도통 반응이 없었다. 질문에는 묵묵부답이었고, 웃긴 얘기를 해도 별 반응이 없었다. 내가 여기를 왜 오나 싶었고, 저 아이들은 대체 무슨 생각으로 이 자리에 앉아 있나 싶었다. 수녀님이 원망스러웠다. 강사비 적은 거야 그렇다 치더라도 최소한 강의할 분위기는 조성해 줘야 하는 것 아닌가. 결국 그만두고 싶다는 의사를 내비치고 말았다. 돌아온 수녀님의 대답이 무시무시했다.

"여기 들어오기는 쉬워도 나가는 건 함부로 결정하면 안 됩니다. 일단 시작하셨으니 계속해서 수고해 주세요. 아이들이 싫다고 하지 않는 한, 저는 계속 진행할 생각입니다."

이러지도 저러지도 못한 채 2주에 한 번꼴로 수원에서 인천까지 기계적으로 오가기를 반복했다. 그러던 어느 날 그나마 강의 시간에 웃어 주고, 자기주장을 펴기도 했던 혜심이(가명, 19세)라는 친구가 보이지 않았다. 이유를 물어도 대답해 주는 이가 없었다. 다가구주택 2개 동에 한데 모여 사는 친구들은 특별한 이유(아기가 아프거나 일을 나갔거나)가 아니라면 강의에는 참석하게 되어 있다. 답답한 마음에 복지사에게 물어 병원에 입원 중이라는 걸 알게 되었다.

강의를 마친 뒤 음료수를 한 박스 사 들고 병원으로 찾아갔다. 병실에 누워 있던 혜심이는 뜻밖의 문병객에 다소 놀란 듯했다. 싫은 표정은 아니었다. 되도록 감정을 섞지 않으려 애를 쓰며 무덤덤하게 물었다. 얼마나 다친 거냐고. 혜심이는 대수롭지 않다는 듯 다친 다리를 보여 주더니, 곧 퇴원할 거라고 얘기했다. 아기가 걱정돼서 더 있을 수 없다면서.

2주 후 강의실에 들어서는 순간 달라진 분위기를 직감했다. 왠지 밝은 표정들이었고, 다들 호기심 가득 찬 눈빛으로 나를 보는 것이었다. 아니나 다를까, 질문이 쏟아졌다.

"아저씨(강의한 지 6개월이 넘었는데도 나를 선생님이 아닌 아저씨로 부른다), 혜심이 좋아하지요?"

난데없는 질문에 순간 멈칫했고, 곧 질문의 의도를 알아차렸다. 장난기가 발동됐다.

"좋아하지, 좋아하다마다. 당연한 걸 왜 물어?"

여기저기서 웃음소리가 터져 나왔다. 책상을 두드리는 친구도 있었다. 커다란 웃음소리에 놀란 복지사가 강의실 문을 열어 볼 정도였다.

혜심이 덕분에 강의 분위기가 달라졌다. 이른바, '알나리깔나리' 분위기였다. 정말 놀라운 건 혜심이의 반응이었다. 부끄러워하거나 싫은 표정을 짓게 마련이지만 예의 발랄하고 명랑한 혜심이는 되레 그런 분위기를 즐기고 있었다. 한술 더 뜨기도 했다.

"아저씨, 나 좋아하는 대신 맛난 것 좀 사 주라."

그렇게 마리아의집 친구들과 친해졌다. 강의 때마다 원 없이 웃었고, 내 강의를 손꼽아 기다린다는 친구도 있었다.

그러던 어느 날, 친구들에게 두 가지 소원이 있다는 이야기를 들었다. 각자의 소원은 따로 있겠지만, 모두가 함께하기를 바라는 건 딱 두 가지였다. 하나는 다 같이 바다 구경을 가는 것, 다른 하나는 강의실에서 '치맥'을 해 보는 것.

원장 수녀님과 상의해 보겠다고 했다. 그러나 그게 얼마나 어렵고 불가능에 가까운 일인지 알아내는 데는 긴 시간이 걸리지 않았다. 늘 온화하기만 했던 원장 수녀님의 표정이 달라졌다. 첫째, 다 같이 바다에 가려면 그 시간에 아기들을 돌봐 줄 사람이 필요하다. 수녀님과 실무자가 동시에 돌본다 해도 기껏해야 예닐곱 명에 불과하다. 나머지 아기들은 어떻게 할 방법이 없다. 바다 구경은 갈 수 없다.

둘째, 이 시설은 원칙적으로 음주를 금지한다. 친구들 대다수는 술로 인해 화를 당하거나 상처를 입은 경험이 있다.

입주할 때 금주 서약을 받는다. 나가서 마시는 것도 안 되지만 시설 안에서 치맥을 하는 건 더욱이 있을 수 없는 일이다.

아이들이 왜 하필이면 내게 소원을 얘기했는지를 알게 되었다. 이룰 수 없는 것을 이루고 싶은 욕망 때문이기도 했거니와 다른 뜻도 있었다. 이를테면, 나를 시험해 보고 싶었을 것이다. 저 아저씨가 진짜 우리 편인지, 가짜인지.

1년여가 지난 뒤 거짓말 같은 일이 벌어졌다. 동국대 CEO 인문학 강좌에서 노숙인 인문학과 미혼모 대상 인문학 강좌 이야기를 했더니 주임 교수가 수강생들에게 돈을 걷어서 내게 쥐여 주는 것이었다. 얼추 80만 원 정도였다.

어디다 쓸까 궁리하다가 마리아의집 친구들의 소원을 떠올렸다. 관건은 원장 수녀님을 설득하는 것이었고, 약간의 작전이 필요했다. 마침 내가 쥐고 있는 카드가 한 장 있었다. 한 달여 전 원장 수녀님이 내게 마리아의집 운영위원장을 맡아 달라고 부탁하셨는데, 아직 답을 하지 않고 있었다. 그럴싸한 협상 카드였다.

짐짓 진지한 표정을 지으며 원장 수녀님 앞에 앉았다. 날이 참 덥다는 말로 너스레를 떤 뒤 본격 협상을 시작했다. 마리아의집의 원칙은 중요하다. 꼭 지켜져야 한다. 그런 원칙을 가진 단체에 운영위원장을 맡는 일은 여간 고민되는 일이 아니다. 나는 원장 수녀님을 믿는다. 원칙주의자이면서 또한 유연한 사고를 하는 분이라는 걸 알고 있다. 수녀님만 믿고 운영위원장 기꺼이 맡겠다. 되레 내가 영광이다.

딱 거기까지만 듣고도 원장 수녀님은 내가 무슨 말을 하려는 건지 알아들었다. 표정이 묘하게 변하는 걸 느꼈다. 짐짓 여유 있게 미소를 짓던 원장 수녀님이 먼저 제안해 왔다.

"좋아요, 딱 한 번만이에요. 운영위원장 맡아 주신다니 특별히 한 번만 예외를 인정할게요."

그렇게 친구들 소원 하나를 들어주게 되었다. 다 함께 치맥을 즐기는 것!

2년이라는 세월이 어떻게 흘러갔는지 모를 일이다. 2년을 줄기차게 마리아의집 친구들과 만났다. 함께 웃었고, 함께 울었다. 중간중간 페이스북을 통해 마리아의집과 관련한 이벤트를 두 번이나 벌였다. 그중 하나가 마리아의집에 책 보내주기 이벤트였다. 마리아의집 친구들도, 아기들도 책이 필요했는데, 막상 읽을 책이 없었다. 이벤트는 대성공이었다. 불과

보름 만에 무려 5천여 권의 책이 모였다.

세상엔 실로 고마운 사람들이 많다. 일면식도 없는 사람들이 저마다의 성의를 표해 주었고 심지어 돈을 보내 주는 사람도 있었다. 당시 사무총장이었던 정연순 변호사는 아동용 도서를 수십 권 보내 주었고, 어떤 출판사에서는 창고 대방출이라며 그림책 전집을 보내 주기도 했다. 거기서 끝이 아니었다. 재래시장 내에 도서관을 지어 화제가 됐던 수유시장 상인협의회에서는 목공 팀을 인천으로 급파해 그럴싸한 도서관을 만들어 주었다. 수고비는커녕 재료비조차 받지 않았다.

그해 겨울 혜심이가 슬며시 말을 걸어왔다. 마리아의집에서 아기 돌잔치를 하는데 와 줄 수 있겠냐고. 망설일 일이 아니라고 생각했다. 된통 몸살을 앓던 날, 혜심이 아들의 돌잔치에 참석했다. 이 세상에서 가장 슬프고 가장 알뜰한 돌잔치였다. 마리아의집 친구들과 원장 수녀님, 복지사를 제외하고 나면 축하객은 나 혼자였다. 첫돌 축하 노래를 부르며 모두 울었다. 혜심이는 물론 원장 수녀님과 다른 친구들, 나까지 주룩주룩 흐르는 눈물을 주체할 수 없었다.

2년 동안 마리아의집과 함께했다. 인문학 강사에 더해 운영위원장까지 맡아 운영에 힘을 보탰다. 예산은 늘 빠듯했다. 시설에 들어오고 싶은 친구들이 대기 중이었지만 더 이상 받을 형편이 아니었다. 대신 입주한 친구들에게 최선을 다하기 위해 원장 수녀님과 복지사가 고군분투했고, 나 또한 작게나마 힘을 보탰다.

그러던 어느 날 청천벽력과도 같은 소식이 들려왔다. 원장 수녀님이 다른 곳으로 발령 받게 되었다는 것이다. 나도 나지만 친구들의 충격이 워낙 컸고, 결국 우려하던 일이 벌어지고 말았다. 새로 부임한 원장 수녀님에게 도통 마음을 열지 못한 친구들이 하나둘 퇴소 의사를 밝혀 왔다. 복지사와 나의 만류에도 그렇게 서너 명의 친구들이 마리아의집에서 퇴소했다.

금숙이(가명, 21세)는 전형적인 소녀 가장이었다. 스무 살 때 아기를 낳아 마리아의집에 입소했는데 가까운 곳에 방을 하나 더 얻어야 했다. 태어난 아기뿐만 아니라 미성년 동생 두 명까지 돌봐야 했기 때문이다. 마리아의집에 데리고 들어올 수 없는 동생들은 근처에 방을 얻어 살게 했고, 금숙이가 수시로 다니며 챙겨야 했다. 금숙이는 결국 마리아의집에서 나가고 말았다. 동생들과 함께 살기 위해서라고 말했지만 실은 어디론가 떠나 버린 원장 수녀님에 대한 그리움이 마음의 병이 된 것이었고, 결국 버티지 못하고 마리아의집과의 이별을 선택한 것이었다.

그 후로 금숙이는 수시로 내게 전화하곤 했다. 동생들 챙기고 아기 키우는 일이 너무 힘들다며 울먹였고, 엄마 수녀님이 보고 싶다며 울먹였다. 그때마다 부질없는 위로의 말만 건넬 뿐 어찌해야 할지 몰라 괴로웠다.

"아저씨, 수녀님 보고 싶어요. 엄마 수녀님이 너무너무 보고 싶어요."

수소문 끝에 원장 수녀님의 발령처를 알아냈다. 아, 그런데 이게 무슨 일인가! 원장 수녀님이 발령 난 곳이 외국이었다. 인도네시아로 발령이 났다는 걸 안 뒤 적잖이 속이 상했다. 거긴 친구들과 함께 갈 수 있는 곳이 아니었다. 그 사실을 알렸을 때 금숙이는 거의 대성통곡을 했다. 엄마 수녀님 보고 싶다는 말을 되풀이하면서.

다음 해 봄날, 한동안 연락이 없던 금숙이에게서 전화가 왔다. 반가웠다. 목소리에서 힘이 느껴져서 좋았다. 어찌 사는

지 묻기도 전에 금숙이가 먼저 말을 했다.

마리아의집에서 퇴소한 아이들 몇 명과 연락을 주고받고 있는데, 인도네시아로 엄마 수녀님 만나러 가기로 했다는 것이다. 그때 아저씨가 인솔해 줄 수 있느냐는 게 금숙이 말의 요지였다. 기꺼이 그러겠다고 했지만, 비용이 만만치 않을 것이라는 말도 덧붙였다. 역시 밝은 목소리의 답변이 왔다. 이미 돈을 모으고 있고 벌써 꽤 많이 모았다고. 얼마를 모았는지 물으니, 무려 10만 원이나 모았다는 답이 돌아왔다. 순간 기절할 뻔했다. 꽤 모았다는 게 10만 원이라니. 그렇게 해서 언제나 갈 수 있겠냐고 면박하고 싶었지만 차마 그러진 않았다. 대신 격려했다. 많이 모았다고, 어서 더 모으라고.

그게 마지막 통화였다. 그 뒤로는 금숙이에게서 전화가 오지 않았다. 궁금하고 걱정되어서 내가 전화해 보기도 했지만, 없는 번호라는 기계음만 들릴 뿐이었다. 다른 친구들을 통해 수소문해 봤지만 허사였다.

마리아의집 친구들은 지금도 불쑥불쑥 떠오른다. 어찌 잊겠는가. 전남 순천의 연향도서관에서 강의하다가 문득 마리아의집 친구들이 떠올랐다. 울컥하는가 싶더니 그 자리에

서 울어 버렸다. 강의하다가 눈물을 흘리기는 그게 처음이
었다.

한국형 교도소 대학을 꿈꾸며

엄마와 어머니

어릴 땐 엄마라고 불렀다

어느 순간부터 어머니라 부르기 시작했다

생각해 보니 내 키가 그분보다

커졌을 때부터였던 것 같다

어쩌다 이곳에 들어오게 되었다

그분이 가장 먼저 면회를 오셨다

얼굴을 보자마자 눈물이 쏟아졌다

한참을 울고 난 뒤 '엄마' 하고 불렀다

내 키는 여전히 그분보다 크지만

마음의 키는 한참 작다는 걸

이곳에 들어와서 알게 되었다.

(교도소 인문학에 참여한 어느 수형인의 시)

2008년 경희대학교 실천인문학센터 소속으로 경기도 안양시에 있는 안양교도소에서 2년여 동안 인문학 강의를 했다. 위의 시는 당시 한 수형인이 강의 시간에 낭송한 자작시다. 시라고 부를 만한 것인지는 모르겠지만, 그가 낭송할 때 수강생 대다수가 눈시울을 붉혔고, 더러는 울음을 터뜨렸다.

강의 첫날 긴장했던 기억이 아직도 생생하다. 그럴 만도 했다. 재소자들에 대한 아무런 사전 정보도 없었고, 교도소에서 강의한 경험자로부터 조언을 듣지도 못했다. 어떤 강의를 해야 할지, 강의의 목표 혹은 지향점은 무엇이어야 하는지 고민하지 않을 수 없었다. 사전에 자료를 살피고, 함께 논의해야 했지만 준비 기간이 촉박했던 탓에 곧바로 현장에 들어갈 수밖에 없었다.

국내에서 교도소 인문학 강의가 전혀 없었던 것은 아니다. 2007년, 인권연대에서 '평화인문학'이라는 이름으로 교도소 인문학 강좌를 시작했고, 민간 교정 위원들이 주축이 된 소년원과 교도소, 구치소 교육 프로그램이 다양하게 진행되고 있다. 그러나 공유된 정보는 없었다. 난감함을 달래는 한편, 뭔가 새로운 시도를 해야 한다는 강박이 컸다. 내 딴에 아이디어를 낸 것이 수형인에게 시를 읽고 필사하게 하고, 직접 낭송하게 하는 것이었다.

강의 때마다 시 한 편씩 필사해 오라는 과제를 내주었다. 처음 몇 주는 수강생 대다수가 열심히 과제를 해 왔다. 그러나 한 달쯤 지난 뒤부터 제출되는 과제가 현저히 줄었다. 이유를 물었더니 어이없는 대답이 돌아왔다. 교도소에 더는 필사할 시집이 남아 있지 않다는 것이었다. 사실이었다. 교도소에 비치된 시집은 고작 대여섯 권밖에 없었다. 더군다나 법무부에서 교도소 내 도서 입고를 막는 법안을 만들어 버렸다. 참으로 안타깝고, 도저히 이해할 수 없는 일이다.

그렇게 우리들의 시 필사와 낭송은 중단될 위기를 맞았다. 고심 끝에 남의 시를 필사하는 대신 직접 시를 지어 보라고 제안했다. 과연 써 올 사람이 있을지 반신반의했다. 아주 없지는 않았다. 많으면 다섯 명, 적을 때는 두 명 정도가 시를 써 왔다.

안양교도소 이후로도 교도소 인문학 강좌에 지속적으로 참여했다. 경기도 화성시에 있는 화성직업훈련교도소에서는 대형 강당에 수백 명의 수형인을 모아 놓고 강연하기도 했고, 일주일에 한 번씩 소규모의 수형인들과 함께 철학책을 읽어 나가기도 했다. 의왕구치소에서는 일군의 판사와 법무부 직원들 앞에서 시범 강의를 하기도 했다. 여전히 긴장되는 일이었지만 의미 있는 일이라 생각하며 열정적으로 임했던 기억이 난다.

수년 동안 이곳저곳 교도소를 찾아다니며 강의했지만, 그게 과연 수형인들에게 어떤 도움이 되었는지 모르겠다. 이후의 변화에 대한 자료를 보지 못한 탓이다. 보통 재범률 추이 등으로 강좌의 성과를 살피곤 한다는데 내게 공유된 자료는 없었다. 무엇보다 수형인의 직접적인 소감을 들을 기회가 없었다는 것이 아쉬웠다. 나의 교도소 인문학 강의 경험은 서서히 잊혀 가는 아련한 추억이 되고 말았다.

그러던 차에 한 출판사로부터 추천사를 써 달라는 부탁과 함께 두툼한 원고 뭉치를 받았다. 『교도소 대학』이라는 제목의 원고였다. 교도소 인문학 강의의 추억을 되살리며 단숨에 읽었다. 도입부에서부터 충격적이다. 그간 간헐적으로 접했던 교도소 인문학 관련 자료들과 사뭇 다른 느낌이었다.

"그 사람들이 뭐라고 생각하든 간에 저는 저대로 뚜렷한 상이 있습니다만, 저는 그게 다르게 사는 것이었으면 해요. 도대체 어떻게 해야 다른 삶을 살 수 있는지 알아내는 것이요. 생애 처음으로, 자기가 어떤 사람이어야 하는지 깨닫는 것이었으면 해요. 하지만, (교도소에선) 그냥 그 사람들이 원하는 대로 시키는 대로 따르기를 강요할 뿐인 경우가 너무 많아요."(대니얼 카포위츠, 『교도소 대학』)

교도소 내 바드칼리지 입학 면접 당시 피터 베이라는 수형인이 면접관 앞에서 피력한 의견이다. 『교도소 대학』은 교

수나 연구자의 의견이나 소감이 아닌 수형인의 이야기로부터 출발한다. 바로 그 점이 내가, 그리고 우리가 해 왔던 교도소 인문학과 확연히 비교되는 점이다.

『교도소 대학』은 1990년대 말, 바드칼리지에서 맥스 케너(Max Kenner)와 동료들이 주도한 바드교도소사업단이 처음 시도하고 가장 널리 보급한 교도소 대학 설립 작업을 두루 돌아본 기록이다. 저자 대니얼 카포위츠는 바드교도소사업단(Bard Prison Initiative, BPI)의 정책 및 학술국장이며, 바드칼리지에서 법과 인문학을 강의한다. 2001년부터 바드교도소사업단에서 교수진, 사무국장, 대표로 일했으며, 교도소자유교양학협력단(Consortium for the Liberal Arts in Prison) 공동 창립자다.

공유되지 않은 경험은 경험이라 할 수 없다. 사회학자 엄기호에 따르면 "체험은 개별적이고 특이해 설명이 불가능한 반면, 경험은 오직 관계를 맺을 때 일어난다. 경험은 이야기로 만들어 누군가를 깨닫게 할 수 있다."(엄기호, 『우리가 잘못 산 게 아니었어』)라고 한다. 국내에서 10여 년 넘게 교도소 인문학이 진행되었고, 지금도 어딘가에서 교도소 강좌가 진행되고 있을 것이다. 그러나 그 소중한 경험들이 사회적으로 공유되지 못한 채 참여 강사와 주관 단체의 개인적, 내부적 체험에 머물러 있다. 이제라도 자료가 공유되고, 정보가 흘러서 교도소 인문학에 대한 공론화가 이루어지길 바란다.

『교도소 대학』이 우리에게 던지는 시사점은 뚜렷하다. 그동안 축적한 경험과 정보가 공유되고 공론화되어, 사회적 공감대를 형성해 나가도록 하는 것이다. 지난 2005년 한국형 클레멘트 코스[1995년 얼 쇼리스(Earl Shorris)가 설립한 가난한 사람을 위한 인문학 강좌]인 성프란시스대학이 설립되었던 것처럼, 『교도소 대학』의 출간으로 '한국형 교도소 대학' 설립 논의가 본격화되기를 소망한다.

안양교도소 강의 때 좀 특별한 만남이 있었다. 40대 중반의 초등학교 동창을 만난 것이다. 상황이 상황이어서 서로 아는 척을 할 수 없었고, 대화도 하지 못했다. 한 명은 인문학 강사였고, 한 명은 강도 상해죄를 짓고 교도소에 들어와 있는 수형인이었다. 우리는 첫눈에 서로를 알아봤다. 나이는 들었어도 얼굴선의 윤곽은 변하지 않았고, 무엇보다 표정이 낯익었다. 1년 과정의 강좌에서 매주 보면서도 교도관의 계호 없이는 어떤 대화도 할 수 없으니 서로 눈빛만 교환하곤 했다.

눈빛만으로도 무슨 말을 하고 있는지 알 것 같았다.

수료식 날 드디어 친구와 대화할 수 있었다. 조촐한 졸업식을 끝내고 인문학 과정 수료생들과 일일이 악수하는 순서에서였다.

"고마웠어."

"나오면 연락 한번 줘."

"그럴게."

"얼마나 남았지? 건강 잘 지키고."

친구로부터 연락은 오지 않았다. 내 전화번호는 공중에 떠 있어서 어지간한 사람이면 누구나 찾아낼 수 있다. 그런데도 연락이 없다. 아마도 전화하기를 주저하고 있는 듯하다. 좋지 않은 과거를 드러내고 싶지 않은 걸 테다. 수료식 때 말했던 대로 건강했으면 좋겠다. 무엇보다 더 이상 교도소에 들어갈 일을 만들지 않았으면 좋겠다.

가난을 대하는 태도들

#1

인천의 미혼모 시설인 마리아의집에서 인문학 강의를 하던 때였다. 미혼모와 아기들을 위한 책 모으기 운동을 벌이는 와중에 인천시장 비서실에서 문의가 왔다.

"우리 시장님이 도울 일은 없겠습니까?"

책 모으기는 이미 마무리됐으니 굳이 돕고 싶다면 시설

에 한번 방문해서 어떤 도움이 필요한지 살펴봐 주면 좋겠다고 답변했다.

며칠 후 시설의 원장 수녀님 마음이 다급해졌다. 인천시장이 다음 주에 시설에 방문하겠다고 통보가 왔기 때문이다. 수녀님과 미혼모들의 시장님 맞이를 위한 노력은 그야말로 눈물겨울 정도였다. 시설 전체를 뒤집다시피 대청소했고, 아이들에게는 최대한 좋은 옷을 입혔다.

그런데 막상 오기로 한 날 시장이 오지 않았다. 왜 못 오게 되었는지, 언제쯤 올 것인지 아무런 연락이 없었다. 무시하고 넘어갔을 뿐이다. 짐작하건대, 선거가 코앞인데 고작 스무 명밖에 안 되는, 유권자도 몇 명 되지 않는 곳을, 굳이 방문할 필요가 있겠느냐는 내부 의견이 있었을 듯싶다. 애초 뭘 바라는 게 있는 게 아니었다. 공연히 마음 뒤흔들어 놓고 무시당했다는 사실에 부아가 치밀었다.

#2

인문독서공동체 책고집을 설립한 뒤 거리의 노숙인과 가난한 어르신들을 위한 인문학 강좌를 기획하느라 고군분투했다. 옆에서 지켜보던 시민사회 활동가 후배가 조언했다. 지자체에 찾아가서 도움을 요청하는 게 어떻겠냐고. 다리를 놓을 테니 같이 한번 찾아가 보자는 것이었다. 썩 내키지는 않았지만 일말의 기대를 품고 찾아갔다.

지자체의 '실세'로 불린다는 비서관을 만났다. 예의 노숙인 인문학과 어르신 인문학의 취지를 역설했다. 돌아온 비서관의 답변이 어이없었다.

"그런 사람들은 도와줘 봐야 표가 안 돼요. 그들보다는 청년이나 주부 대상 프로그램을 기획해 보세요. 그럼 열심히 도울게요."

#3

서울시는 지난해 말 2022년도 예산을 편성하면서 안전과 위생, 건강권의 사각지대에 놓여 있는 노숙인을 위한 최소한의 안전장치라고 할 수 있는 노숙인 진료비 예산을 5억 원이나 삭감했다.

서울시의 설명인즉슨, 전년도 사업 예산이 남아서 부득이 삭감하게 되었단다. 그 말은 일을 안 했다는 것이고, 궁색한 변명에 불과했다. 코로나19를 맞아 거리의 노숙인을 위한 적극 행정, 현장 행정을 게을리했기에 예산이 남았던 것이다.

#4

복지관에서 강의 요청이 들어왔다. 가서 보니 강의할 분위기가 아니었다. 대화의 시간으로 전환했다. 강의보다 '온동네 살피미' 활동을 해 온 사람들의 마음을 살피는 일이 중요하다고 생각했다. 혹은 수줍게 혹은 자랑스럽게 한마디씩 했다.

"우리 마을이잖아요. 누가 지키겠어요. 우리가 지켜야지요."

짧은 말속에 사업의 취지와 의미가 오롯이 녹아 있었다. 이어지는 말에 도리 없이 눈물을 훔쳐야 했다.

"원래 가난하고 힘든 사람들끼리는 서로 돕는 문화가 있어요. 이번 사업은 대단한 일이라기보다 그저 이웃으로서 해야 할 일을 한 것뿐이라고 생각해요."

송파와 수원의 세 모녀 사건으로 복지 사각지대에 대한 사회적 관심이 높아졌다. 그러나 복지 사각지대를 메우는 일은 정부나 지자체의 노력만으로 가능하지 않다. 이웃을 잘 아는 사람은 같은 마을에 사는 이웃이다. 그 이웃이 움직이고 있다. 수원의 우만복지관에서 서로돌봄마을 조성 사업으로 시범 실시한 '온동네 살피미' 사업이 내년부터는 확대될 조짐이다. 지자체에선 예산을 만들었고, 마을 주민들은 기꺼이 봉사할 마음의 준비가 되어 있다.

소개한 네 개의 에피소드 중 앞의 세 에피소드는 가난한 사람을 대하는 정치권의 반응이자 태도에 대한 것이다. 정치는 종내 소외 계층을 외면해 왔다. 가난한 이웃에 대한 관심은 그저 수사로서만 존재할 뿐이고, 오로지 표가 되는 사람에게만 관심을 가질 뿐이다. 그러한 정치 행태의 결과는 불을 보듯 뻔하다. 소외의 역전이 일어날 것이다. 정치가 소외시킨 가난한 이들이 이젠 정치와 정치인을 소외시킬 것이다.

마지막 에피소드는 평범한 사람들의 사는 모습을 담았다. 정치가 외면하고 소외시킨 사람들을 이웃들이 나서서 보듬고 살피는 모습이다.

소중한 일을 하는 사람은 특별한 사람이 아니다. 길에서, 골목에서, 마을 어귀에서 흔히 만나는 사람들이다. 이웃을 소외시키지 않는 그들이 바로 영웅들이다.

어르신 인문학, 우리들의 행복한 시간

어스름 저녁 동네 식당의 풍경이다. 어르신 한 분이 느린 걸음으로 들어와 김치찌개 1인분을 시키신다. 식당 주인 말이 하루에 두 번씩 꼬박꼬박 와서 식사하는 분이라고 한다. 문득 궁금했다. 어르신에게 김치찌개 1인분을 팔면 대체 얼마의 이문을 남기는 걸까? 그러나 그런 것이 아닐 것이다. 이문이 아니라 정성으로, 장삿속이 아니라 어르신 모시는 마음으로 응대하는 것일 테다. 동네 식당은 단지 음식만 파는 곳이 아니다. 정을 나누는 곳이고, 인심이 묻어나는 곳이다. 그렇게 동네 어르신은 동네 식당에서 허기뿐만 아니라 텅 빈 마음도 달랜다.

동네 식당과 동네 사람은 서로가 서로에게 스며들며 공존한다. 동네 식당이 없다면 다리 아픈 어르신은 어디로 가서, 어떤 대접을 받으며, 어떤 음식을 드실 것인가. 믿고 먹을 만한 음식이긴 할 것인가. 혹여 '1인분은 팔지 않는다'는 홀대와 손사래를 마주하고 허탈하게 돌아서는 건 아닌가. 생각만으로도 가슴 미어지는 일이다.

동네 식당 같은 인문학 강좌를 열고 싶었다. 계획해 둔 이름은 '어르신 인문학'이다. 홀로 누워 계신 어르신, 양로원에서 화투장 두드리며 헛헛한 마음을 달래는 어르신, 몸피보다 큰 수레를 끌며 종일 폐지를 줍는 어르신, 한잔 술에 왕년 운운하며 동네 떠나가라 소리 지르는 꼰대 어르신……. 그런 어르신들을 모셔 놓고 이야기 마당을 펼쳐 보고 싶었다.

승합차 한 대쯤 마련할 일이다. 일단 갓 지은 밥 한 끼 대접하고, 따뜻한 차도 한 잔 내어 드리는 거다. 그러고 나서 너스레 떨듯 인문학 강의를 해 보는 거다.

“어머님, 아버님, 고생하셨습니다. 고맙습니다.”

우선 존경을 표하고 싶다.

“어르신, 신호등 지키는 것, 그게 민주주의예요. 서로 욕하지 말고 싸우지 말고 좋은 말로 대화하는 것, 그게 인문학이에요.”

그렇게 눙치는 말도 해 보고 싶다.

“나이 아랑곳하지 않고 혜장 스님, 초의 선사 등과 격의 없이 교유했던 다산처럼, 나이 불문, 종교 불문, 이념 불문 벗되어 어울리는 것, 그런 게 인문 정신이에요.”

꼭꼭 닫힌 어르신 마음 열어 드리는, 그런 인문학 강좌를 열고 싶다.

지인들에게 포부를 밝혔더니 고개를 절레절레 흔든다. 취지는 좋지만 그게 가능하겠느냐 되묻는다. 식사 대접하고, 강사 섭외하고, 장소 물색하려면 필시 돈이 들 텐데 그걸 혼자서 어떻게 마련할 거냐며 ‘아서라, 아서라’를 연발한다. 와중에 지자체의 도움을 받으면 좋겠다는 말에 혹해서 찾아갔더니 대뜸 “표 안 되는 어르신들 말고 청년이나 학부모들을 모아 놓으면 얼마든지 도와주겠다."는 엉뚱한 소리를 한다. 튀어나오려는 욕지기를 억누르며 서둘러 자리를 떴다.

가난하고 외로운 어르신들 위한 인문학 강좌 꾸리기가 이리 힘들고 어렵다. 되레 어르신들에 대한 편견만 확인하는 시간이었다. 광화문에 나가 막걸리 얻어 마시는 재미로 태극기 몇 번 흔들었다고 '적폐'라고 낙인을 찍고, 신호등 안 지킨다고 몰상식하다고 손가락질을 하고, 아무 데서나 담배 피우고 아무에게나 소리 지른다고 '꼰대'라고 외면하는 세상이다.

그런데 말이다. 그분들이 어떤 분들인가. 평생 일만 하신 분들이다. 전쟁터로, 광부로, 건설 노동자로 외국 나가서 외화 벌이해 온 분들이다. 중동 모래바람 맞으며 하루 20시간씩 일해서 사막에 건물을 짓고 수로를 뚫은 분들이다. 안 먹고 안 사 입고 아끼고 아껴서 자식 뒷바라지한 분들이다. 정작 당신들은 가 보지 못한 대학을 자식들이라도 나와야 한다며 주야장천 일해서 아낌없이 퍼 주기만 한 분들이다.

뒷방노인네, 잔소리꾼, 꼰대, 적폐라고 낙인찍을 게 아니라 이제라도 어르신들 모셔 놓고 사람 사는 이야기 나누려고 한다. 예산 쓰는 분들은 표 되는 사람만 상대한다고 하니 그리하시라. 인문독서공동체 '책고집'은 다르다. 책고집의 꿈은 동네 식당 같은 어르신 인문학을 하는 것이다.

2022년 6월, 경향신문에 '동네 식당과 어르신 인문학'이라는 제목의 칼럼을 게재했다. 칼럼이 게재된 뒤 거짓말 같은 일이 벌어졌다. 한국문화예술위원회 직원이 칼럼을 읽고 감동 받았다며 책고집으로 나를 찾아와서 어르신 인문학 강좌를 지원하고 싶다는 의사를 밝힌 것이다. 찾아가서 도와달라고 한 것도 아닌데 공공기관의 직원이 신문 칼럼을 보고 찾아와서 지원을 약속하다니. 정작 감동은 내가 받았다.

그 덕분에 어르신 인문학이 문을 열었다. 수원에 있는 우만종합복지관에서 독거 어르신 20여 명을 모았고, 강사진은 책고집 회원들로 구성했다. 혼자 하기보다 여럿이 하는 것이 어르신들을 위해 좋을 것 같았다. 그렇게 과학자가, 변호사가, 판소리 전수자가, 회사 직원이 복지관을 찾아 어르신들에게 다양한 삶의 이야기를 들려 드렸다. 대다수가 70, 80대 어르신들이었다. 그럴싸한 강좌명도 붙였다. '삶의 이야기를 나누는 우리동네 인문학'이었다.

우리들의 행복한 시간은 그렇게 시작되었고 연말에 강

좌에 참여한 강사들이 모여 소회를 밝히는 시간을 가졌다.

"첫 강의 때 뭐라도 들고 가야 할 것 같았어요. 박카스 두 박스 사서 한 병씩 나눠 드리고 강의를 시작했습니다. 둘째 날에는 박카스 대신 요구르트를 가져갔어요. 우리 몸의 심장이 한 번에 뿜어내서 혈관으로 돌게 하는 혈액의 양이 꼭 요구르트 양만큼이라는 걸 설명하기 위해서였죠. 건강은 숨을 잘 쉬는 것, 좋은 숨을 쉬는 것에서부터 출발한다는 취지의 강의였어요."

김홍표 아주대학교 교수가 밝힌 소회의 한 대목이다. "뭐라도 들고 가야 할 것 같았다."라는 말이 인상적이다.

"저는 마을 이야기를 하기 위해 유튜브로 「고향의 봄」을 들려 드리면서 시작했죠. 함께 따라 부르기도 했고요. 한 어르신이 눈물을 흘리시더군요. 갑자기 고향 생각이 나셨던 모양이에요. 덩달아 저도 눈물이 나서 혼났어요. 도시는 땅과 사람, 그곳에서 벌어지는 다양한 이야기로 이루어진다는 걸 들려 드리는 시간이었습니다."

도시재생 전문가 허현태 박사가 들려준 강의 경험담이다.

"저는 법률 이야기를 해야 했는데 쉽지 않더라고요. 개별적인 질문에 응하다 보니 다른 분들이 소외되는 것 같았고, 질문을 받지 않고 강의하려니 구체성은 떨어지고 추상적인데다 어려운 말을 하게 되더라고요. 어르신 인문학은 참 좋은 기획이고 개인적으로 소중한 경험이지만, 결코 쉬운 일이 아니라는 걸 확인한 시간이었어요."

김화섭 변호사가 밝힌 소회 중 일부분이다.

중국 이야기를 하기로 한 신승대 회원에게는 강의 전 몇 가지 유의 사항을 알려 주었다. 마오쩌둥이 아니라 '모택동', 덩샤오핑이 아니라 '등소평'이라 말하라고. 정작 강의 때는 중화요리 이야기를 했는데, 모두가 관심 있게 들어줘서 고마웠다고 소회를 밝혔다.

판소리 전수자 정유숙 씨는 단지 판소리만 들려 드리기보다 판소리에 담긴 삶의 애환이 담긴 이야기를 알려 드리려고 노력했더니 크게 호응했다고 한다. 소통 전문가 원호남 교수의 '멋진 어르신 대화법', 강태운 작가의 '그림과 나', 삼성 출신 소통 강사 안선형 씨의 즉석 색소폰 연주와 방송 PD 출신 조정선 작가의 멋들어진 기타 연주와 '대중가요의 역사'

강의는 큰 호응을 얻었다. 건설 노동자 출신의 김용우 작가는 '중동 건설 노동자의 애환'을 들려줘 깊은 감동을 주기도 했다.

강좌의 백미는 어르신들의 참여를 유도하기 위한 시도였다. 화가와 함께 그림을 그리고, 작가와 함께 에코백을 만드는 과정을 넣었으며, 무엇보다 어르신들의 삶의 이야기가 담긴 삶의 글을 쓰도록 유도했다. 손혜진 작가와 박성희 작가, 권선근 출판기획자가 참여했고, 이경란 작가가 주임 강사 역할을 했다.

"읽기와 쓰기가 안 되는 어르신이 계셨어요. 읽기 부분은 대신 해 드렸는데 쓰기는 직접 하셔야 했어요. 민망해하실 줄 알았는데 끝까지 함께해 주셨어요. 글을 쓴다기보다 글자 모양을 그리는 방식으로 참여하신 거죠. 뭉클했어요."

이경란 작가의 후일담에 집담회에 참석한 강사 모두가 숙연한 표정을 지었다.

어르신들 앞에서 과학 이야기를 하려니 여간 고민되는 게 아니라며 엄살, 아니 진짜 깊은 고뇌에 빠지기도 했던 김범준 성균관대학교 교수는 어르신 강의에 이어 대전의 노숙인을 위한 강의까지 소화한 뒤 일약 스타 강사가 되기도 했다. 어르신과 노숙인들은 한결같이 김범준 교수의 과학 강의가 재밌고 유익하다고 말씀하신다. 역시 명불허전이다.

어르신들이 직접 쓰고 그린 글과 그림을 묶어 문집『이 나이에도 꿈이 있기에』를 만들었다. 문집에 담긴 어르신들의 글과 그림은 그야말로 날것 그대로 삶의 이야기로 채워졌다. 어르신들의 글은 꾸밈이 없고 가식이 없다. 그저 담담하게 당신네 삶의 한순간을 추억하는, 소박하지만 진솔한 글이다. 그림도 마찬가지다. 누가 그렸는지를 밝히지 않고 누군가에게 보여 주면 영락없이 어린아이가 그린 그림이라고 말할 것이다. 그만큼 순수하고 맑다.

"나는 클로버 잎을 좋아한다. 어디를 가나 클로버 잎이 눈에 잘 띈다. 다섯 잎도 따 보고, 일곱 잎도 발견했다. 지금도 책장을 넘기면 클로버 잎이 군데군데서 발견된다. 그러면 마음이 흐뭇하다. 내가 이렇게 행운의 잎을 많이 발견했나 싶어서 마음이 흐뭇하다. 며칠 전에는 아홉 잎짜리 클로버를 책에서 발견했다. 행운이 영원히 계속되면 좋겠다. 마음이 행복으로 가득 찬다."

염성희 어르신(70대)의 「다섯 잎, 일곱 잎, 아홉 잎 클로버의 행운이여, 오라」는 글의 전문이다. 부산 영도가 고향이라는 염성희 어르신은 연말 책고집 4주년 행사에 참석해서 문집과 액자를 받으신 뒤 하염없이 눈물을 흘리셨다. "여태 살면서 이렇게 대접받아 본 적이 없었다."라면서, "고마워예, 고마워예!"를 연발하셨다.

"이 나이에 꿈이 있기에 오늘도 열심히 살았습니다. 노인 일자리 일을 하면서 끝나고 인문학 모임에 가서 글을 써야지 하는 마음으로 기쁘게 일합니다. 오늘은 무슨 말을 쓸까 생각하며 일하니까 일도 즐겁게 되었습니다. 조리사 님이 10분 전에 보내 주셔서 일손을 놓고 나오니 차부에 복권 파는 가게가 있어 오백 원짜리 복권 두 장을 샀는데 한 장이 오천 원 맞아서 기분이 좋았다.

푹 쉬고 나와 피곤하지는 않으나 무엇을 어떻게 써야 하는지……. 노인 일자리 11월로 끝난다. 피아노를 배우고 있는데 실력이 늘지 않는 것 같으나 하나하나 알아가는 게 재미있어 살맛나는 나의 인생길. 한국무용도 배우고, 노래도 배우고, 서예도 재미있고, 뜨개질 프로도 재미있다. 복지관 피아노 수강료가 제일 비싸서 12월부터는 그만하라고 해서 고민 중이다.(……)

나는 하얀 드레스 입고 피아노 치는 게 꿈이었다. 이루어질 때까지 하려고 한다. 한국무용도 잘 배워서 잘 표현하고 싶다. 남녀노소, 빈부귀천이 모여 사는 우리 3단지 마을이 새롭게 단장되고 있어 더욱 새로운 마음으로 서로를 배려하며 살아가는 지상낙원 마을 이루자."(오명자, 「이 나이에 꿈이 있기에」)

팔순이 지난 연세의 오명자 어르신의 글이다. 7남매의 셋째로 태어난 어르신은 어려서부터 꿈이 많았다. 대장암 수술 이후 덤으로 주어진 인생을 살면서 오히려 꿈을 이루고자 하는 의지는 더욱 굳건해졌다. 하얀 드레스를 입고 무대에 올라 피아노를 치는 게 꿈이라는 오명자 어르신의 꿈이 꼭 이루어지기를 바란다. 가난하고 병약한 주민들이 대부분인 수원시 우만동 3단지에 사는 어르신은 남녀노소, 빈부귀천을 가리지 않고 서로를 배려하며 사는 지상낙원을 꿈꾼다.

10주 동안 다양한 강의를 했고, 이어서 5주 동안 글쓰기 강의까지 했다. 총 15강을 적극적으로 참여한 어르신들이 직접 쓰고 그린 글과 그림을 모아 문집을 제작하고 작품을 담은 액자도 만들었다.

2022년 12월 10일, 인문독서공동체 책고집 4주년을 맞아 회원들과 함께 어르신들의 열정과 노고를 위로하고 존경의 마음을 표하는 자리를 마련했다. 문집과 액자를 선물 받은 어르신들은 끝내 눈물을 흘리셨다. 너무 큰 선물과 과분한 대접을 받아서 몸 둘 바를 모르겠다는 말씀도 주셨다. 자리를 함께한 책고집 회원들도 마음으로 울었다.

어르신을 위한 인문학 강의, 진작부터 했어야 했다. 더 많이 더 길게 더 정성껏 해야 할 일이다. 만시지탄이지만 오랫동안 꿈꾸었던 일을 성사하게 되어 더없이 기쁘고 즐거웠다. 어르신 인문학 강의에 참여한 강사들은 죄다 책고집 회원이다. 대학 교수도 있고, 평범한 직장인도 있다. 각 분야에서 활동하는 사람들을 어르신 인문학으로 묶어 냈다. 참여 강사들의 소회를 듣는 자리 또한 감동이었다. 여럿이 함께 한 일이어서 더욱 값진 경험이 되었다. 인문독서공동체 책고집은 앞으로도 가난하고 외로운 이웃들과 함께할 것이다.

3부

거리의 인문학자

노동이 곧 공부이고, 공부가 다시 노동이 되는 삶, 지나온 나의 삶이 그러했고, 앞으로의 삶 또한 거기서 크게 벗어나지 않을 것이다.

결핍과 좌절의 삶에서 공부하는 삶으로

좌절과 결핍의 삶이었다. 달릴 때마다 고꾸라졌고, 벌이는 일마다 실패했다. 특정한 시기에만 그런 게 아니다. 성년 이후 내 삶은 시련의 연속이었다. 글쟁이로 살 건데 대학 졸업장이 무슨 소용이냐며 졸업장 없이 대학을 뛰쳐나왔다. 고생을 자초했다. 시나리오 작가가 되겠다고 작가 교육원을 다니다가 난데없이 영화 제작에 뛰어들어 큰 빚을 지고 말았다.

'최좌절'이라는 별명을 그때 얻었다.

뒤늦게 정신 차리고 새로운 일에 매진하려는 때 하필이면 IMF 외환 위기가 닥쳤다. 역시 빚만 지고 고꾸라졌다. 천신만고 끝에 신춘문예에 당선된 뒤에는 잠시 학원가에서 논술 강사를 하며 그럭저럭 생계를 꾸렸다.

난생처음 안정적인 삶을 살 기회가 찾아왔다. 신춘문예로 작가 자격을 얻은 덕분에 경기문화재단의 월간지 편집주간 자리를 얻었다. 그렇게 살아가는 거려니 싶었지만 난데없는 정치 외풍에 무너지고 말았다. 지인과 함께 노숙인 인문학 강좌를 만들기로 하면서 안온한 삶은 내려놓았다. '최결핍'이라는 새로운 별명이 생겼다.

그쯤 정신을 차릴 법도 했지만 치기 어린 도전을 멈추지 않았다. 2019년, 인문학 공부에 관심을 가진 사람들과 함께 인문독서공동체 '책고집'을 설립했다. 설립 1년 후 코로나19 바이러스가 창궐했고, 더 이상 책고집에는 사람이 찾아오지 않았다. 도리 없이 다시 좌절하고, 다시 결핍의 수렁에 빠져 신음해야 했다.

그 와중에도 놓지 않은 것이 있었다. 좌절과 결핍의 시

기, 심하게 흔들리는 내 정신을 붙잡아 준 '공부'였다. 공부하는 삶이 다시 시작되었다. 내 허기진 결핍의 마음을 채워 준 건 끊임없이 탐독한 책이었다. 숱하게 망하고 수시로 고꾸라져 신음하던 때, 내가 살아 있음을 증명할 수 있는 유일한 방법이 책을 읽고 글을 쓰는 것이었다. 여기저기 빚을 지는 바람에 아무도 만나 주지 않을 때도 책은 나를 외면하지 않았다. 그로부터 20여 년이 지났다. 나는 여전히 책을 읽고 글을 쓴다.

"나는 공부하는 노동자입니다(Ego sum operarius studens)."

한동일의 『라틴어 수업』에서 만난 문장이다. 나를 두고 하는 말이 아닐까 싶어 퍽 반가웠다. 노동이 곧 공부이고, 공부가 다시 노동이 되는 삶, 지나온 나의 삶이 그러했고, 앞으로의 삶 또한 거기서 크게 벗어나지 않을 것이다.

"공부는 단발적인 행위로 결과를 낼 수 있는 것이 아닙니다. 마라톤과 같은 장기 레이스가 그렇듯이 공부에 대한 강약 조절과 리듬 조절을 해야 합니다. 이것에 실패하면 금방 지치거나 포기할 수 있기 때문에 우리는 스스로가 지치지 않도록 공부를 대하는 태도를 조절해야 합니다."(『라틴어 수업』, 83쪽)

노동을 마라톤에 비교하는 건 적절하다. 노동으로서의 공부 또한 다를 바 없다. 공부든 노동이든 왕도가 있을 리 없다. 일취월장이나 횡재의 가능성을 말할 것도 없다.

쉽게 얻으면 악이다. 어렵게 얻어야 선이다. 공부가 그렇고 노동이 그렇다. 오랫동안 노력하지 않고 저절로 되는 일은 아무것도 없다. 저절로 살아지는 세상이 아니다. 순탄

한 삶을 살려 한다면 도리 없이 순탄치 않은 노력의 과정을 거쳐야 한다.

그런 과정을 거치지 않은 채 깃든 평온은 얼핏 그럴싸하게 보여도 느닷없는 평지풍파를 감내하기에는 역부족일 수밖에 없다.

공부란 쉬운 길을 찾아 나서는 것이 아니라 고행을 통해 삶의 지혜를 길어 올리는 일이다. 공부만 그런 것도 아니다. 무릇 삶이란 고민을 거듭하며 당면한 문제를 헤쳐 나가는 과정이다. 지나온 나의 삶이 그렇다. 혈기 왕성하던 20대 초반에는 어설프게나마 혁명을 꿈꾸었다. 20대 후반부터 30대까지 도전에 도전을 거듭했고, 좌절과 실패의 쓴맛을 봐야 했다. 40대는 30대에 저질렀던 실패와 사고를 뒷수습하느라 숨 돌릴 틈이 없었다. 40대의 끄트머리에 이르렀을 때, 새로운 삶을 위해서는 무엇보다 공부가 필요하다는 걸 깨달았다. 50대에 접어들면서 비로소 공부하는 삶의 참 의미를 알게 되었다.

젊어서는 공부가 성취와 발전을 위한 몸부림이었다면 나이 들어 하는 공부는 내려놓고 비우기 위한 노력이기도 하다. 그걸 못해서 애를 먹는 사람들을 종종 본다. 젊어서는 한 때 공부로 편안하고 윤택한 삶을 영위했지만 나이 들어서는 마땅히 해야 할 공부를 등한히 한 탓에 순식간에 허명이 까발려지고, 허접한 생각의 표피가 드러나 망신 당하는 사람들이 있다.

정치인은 물론이고, 학자니 교수니 하는 사람들도 예외가 아니다. 젊어서 한 공부를 평생 우려먹으려고 하니 아집과 권위 의식만 키운 사람들이다. 그들에게 남은 것은 처세와 요령뿐이다. 그게 무슨 자랑이라고 되레 큰소리치며 세상을 어지럽힌다.

『장정일의 공부』(랜덤하우스, 2006)를 읽으면서 공부로서의 독서와 글쓰기의 의미를 알게 됐다. 공부로서의 글쓰기에 대한 기준도 세우게 되었다. 중요한 건 공부, 즉 글쓰기가 얼마나 발전하는가가 아니라 얼마나 깊어질 것인가다. 평생 학생 김열규 교수의 『공부』(바이북, 2010)는 그 자체로 시대를 읽는 혜안이자 학문적 성취다.

"공부는 노력이고 땀이다."

미래 사회는 '샐러던트(saladunt, 공부하는 직장인)'와 '호모 핑

거(정보를 터치하는 인간)'의 시대가 될 것이라는 저자의 예견은 이미 현실이 된 지 오래다.

경계할 공부도 있다. '전문가 바보(Fạch·idi·ot)'가 되어서는 안 된다. 자신의 전문 영역에만 갇혀 세상의 보편적 가치를 이해하고 분석하는 능력을 갖추지 못한 사람 말이다. 망치만 가진 사람은 세상 모든 것을 못으로만 본다. 그런 사람은 집을 짓지 못한다. 한 종류의 나무만 심어서는 숲을 이루지 못한다.

내 청춘의 8할은 좌절과 결핍이었다. 그것들이 나를 공부하는 삶으로 이끌어 주었다. 그 덕분에 나는 지금도 공부하는 노동자로 산다. 아직 공부가 부족하여 덜 내려놓았고 덜 비웠다. 더 내려놓고 더 비우기 위해 나는 오늘도 도서관으로 향한다.

2019년 설립한 책고집은 사람과 책을 좋아하는 사람들이 모여서 함께 책을 읽으며, 매년 50회 이상 인문학과 과학 강좌를 진행했다. 인문 공동체로서 지역민의 삶의 질을 끌어올리는 한편, 문화 공간으로서 다양한 문화를 공유하고자 한다.

아울러 책고집은 우리 사회의 어두운 곳, 힘겹게 살아가는 이웃을 찾아가서 인문학의 향기와 사람의 온기를 전한다. 오랫동안 가난한 사람을 위한 인문학 강좌를 기획 운영한 경험을 바탕으로 하여 보다 체계적인 인문 강좌를 진행한다.

혼자 하는 공부는 개인적 성취에 머물지만, 함께하는 공부는 문명적 성취로 이어진다. 문명사적 거대한 변화의 순간이 오기 전에는 늘 묵묵히 공부하는 사람들이 있었다. 공부가 변화의 필요성을 일깨웠고, 결과적으로 세상을 변화시켰다. 나의 공부는 소박하지만, 나의 꿈은 결코 소박하지 않다. 좌절과 결핍으로 단련된 나는 공부를 통해 새로운 삶을 기획한다.

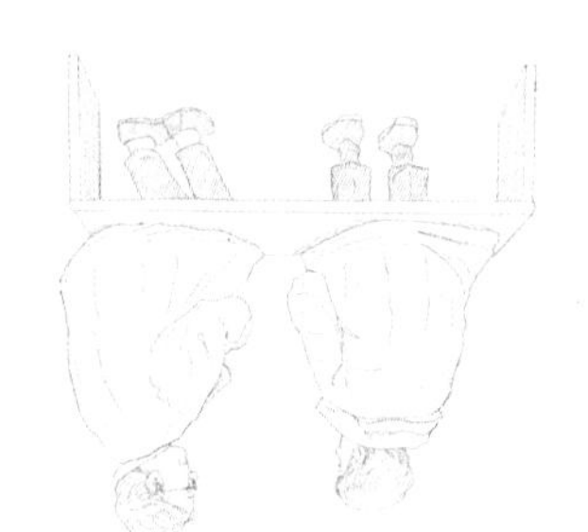

노숙인 인문학, 첫발을 떼다

2005년 9월, 국내 최초의 노숙인 인문학 강좌가 문을 열었고, 첫 강의를 내가 했다. 노숙인들만 들어와 있는 조용한 강의실이 아니었다. 기자와 카메라가 들어와 있었고, 교탁에 여러 대의 녹음기가 놓여 있었다. 그런 상태에서 강의를, 그것도 난생처음 노숙인을 상대로 인문학 강의를 해야 한다니, 어찌나 긴장되던지……. 무슨 말을 했는지는 기억에 없고, 그저 진땀 흘렸던 기억만 생생하다.

딴에는 첫 강의를 열심히 준비한다고 철학책 한 권을 읽고 또 읽으며 강의안을 준비했다. 정작 강의에서는 그걸 어떻게 풀어냈는지 기억조차 나지 않는다. 얼떨결에 노숙인 인문학 강좌에 참여해 첫 강의를 한 지 어느덧 19년의 세월이 흘렀다.

해가 바뀔 때마다 강의 대상이 다양해졌다. 이듬해 난곡동에서 관악인문대학이 설립됐고, 이후 직업훈련교도소와 안양교도소, 인천의 미혼모 시설, 탈학교 청소년 학교, 각 지자체의 자활 지원센터와 노숙인 쉼터, 노인복지관, 평생학습관 등을 돌며 강의하는 삶을 살게 되었고, 작년에는 지역의 가난한 어르신들을 위한 '우리동네 인문학' 강좌를 기획, 진행했다.

2023년, 올해는 숙원이던 노숙인 인문학의 전국화, 구조화에 박차를 가하고 있다. 치열하게 준비해 신명 나게 해 볼 참이다.

초창기 강의는 긴장과 떨림의 연속이었다. 공부가 턱없이 부족한 나로서는 강단에 서는 것 자체가 떨리는 일이었고,

강의를 듣는 분들에 대한 이해마저 부족한 상태였다. 그 떨림과 긴장이 되레 자양분이 되기도 했다. 그 덕분에 좋은 강의가 무엇인지 알게 되었다.

좋은 강의는 강사 혼자 말하는 강의가 아니라 귀를 열어 수강자의 말을 잘 들어주는 강의여야 한다는 것을 깨우쳤던 것이다. 열심히 들었다. 강의실에서만이 아니다. 혹은 식당에서, 혹은 술집에서, 혹은 쪽방에서, 혹은 지하도 기둥 옆에서 수많은 말을 들었고, 수많은 사연을 접했다. 점차 내가 하는 이 일이 사회적으로 어떤 의미를 갖는 일인지 자각하게 되었고, 쉽사리 그만둬선 안 될 것이며, 그만둘 수도 없는 일이라는 걸 알게 되었다.

새로운 공부가 시작되었다. 도서관에 앉아서 책을 읽는 공부만 공부가 아니었다. 진짜 공부는 사람과 사람이 만나서, 사람의 말을 사람의 마음으로 들으며, 세상살이의 기쁨과 슬픔, 뿌듯함과 허무함, 설렘과 고됨에 대해서 마음을 나누는 것이었다. 사람 공부가 진짜 공부라는 걸 알고 난 뒤 정말이지 열심히 사람을 만나고 다녔다.

이 책은 나의 인생 공부, 사람 공부의 마중물이자 결과물인 셈이다. 강의 시장이 커지면서 방송이나 유튜브 등의 유혹도 있었지만 나는 첫 인연을 맺은 노숙인 인문학을 잊지 않았고, 우리 사회의 어려운 이웃들을 찾아다녀야 한다는 신념을 굽히지 않았다. 그렇게 미혼모, 탈학교 청소년, 한부모 여성가장, 교도소 재소자들을 만나 이야기를 나누어 왔다.

5년 전 경기도 수원에 인문독서공동체 책고집을 꾸린 뒤 연중 인문학 강좌와 과학 강좌를 진행하고 있다. 책고집 회원과 지역민을 위한 것이기도 하고 궁극적으로는 내 부족한 공부를 채우기 위한 것이었다.

근 20년 인문학을 매개로 다양한 사람을 만나다 보니 자연스레 다양한 삶의 이야기가 쌓이게 되었다. 가난한 사람들을 만나면서 알게 된 삶의 애환과 가슴 뭉클하면서도 희망을 잃지 않으려 발버둥 치는, 편치 않은 삶을 사는 사람들의 사연을 듣게 되었고, 그걸 잊지 않기 위해 다양한 방식으로 저장해 두었다.

노숙인과 나누었던 절절한 이야기, 보육원에서 만난 꼬마 시인 이야기, 탈학교 청소년 교실에서 겪었던 황당하면서도 애틋한 사연들, 사회적 편견 앞에서 무너져 내리려 했던,

그러나 꿋꿋하게 살아가는 미혼모의 희망 만들기, 교도소에서 만난 어느 수형인의 사모곡, 한부모 여성 가장들의 생존을 위한 치열한 분투 등이 그것이다.

강사비를 받기 위해 돈 많이 주는 강의만 찾아다니는 삶이었다면 절대 들을 수도, 접할 수 없는 사연들이다. 때로 진득한 삶의 이야기를 길어 올리기 위해 수시로 그들을 찾아 나섰다. 노숙인과 미혼모, 한부모 여성 가장, 탈학교 아이들, 어르신들과 함께 밥을 먹었고, 함께 술잔을 기울였다. 진짜 삶의 이야기는 강의실이 아니라 그런 자리에서 나온다는 걸 알고 있었다.

누군가의 삶의 이야기를 들어준다는 건 결코 쉬운 일이 아니다. 시간과 비용을 쓰는 일이며, 상대에 대한 관심과 이해, 애정이 필요한 일이다. 그것만으로 다가 아니다. 어쩌다 우연히 시간이 나서 잠시 만난다고 해서 깊숙이 묻어 두었던 삶의 이야기가 저절로 나오는 건 아니다. 서로에 대한 믿음이 있을 때, 저 사람이 나를 믿어 준다는 확신이 설 때 비로소 가슴 저 밑바닥에 꽁꽁 싸매 두었던 삶의 이야기를 꺼내 놓는다. 그렇게 들어준 이야기 중에는 그 어떤 이야기보다 깊고

인문학이란 무엇인가?

뭉클하고 애틋한 사연들이 담겨 있다. 결코 잊어버릴 수 없는 이야기였다. 수시로 기록했고, 기사나 이전 책에 짤막하게 담아내기도 했다.

가난하고 힘없는 사람들이라고 해서 생각이 없거나 꿈이 없는 건 아니다. 당연히 존중받아 마땅한 사람들이다. 그 단순하고도 간단한 사실을 망각하는 사람들을 주변에서 자주 본다. 가난한 이웃과 노숙인, 어르신, 미혼모, 탈학교 청소년, 한부모 여성 가장, 교도소에 다녀온 사람, 보육원 아이들은 그저 무시하고 멸시하고 사람 취급 안 해도 된다고 착각하는 사람들이 있다.

바로 그런 사람들에게 들려주고 싶은 이야기가 있다. 가난한 사람이라고 해서 나약하기만 한 건 아니다. 가난하지만 꿋꿋하게 살아가는 건 그들에게도 삶을 살아갈 권리가 있기 때문이다. '가난할 권리'다.

거지 교수에서 거리의 인문학자로

초창기 노숙인 인문학에 대한 언론의 취재 열기가 뜨거웠다. 수시로 취재 문의가 왔고, 일부는 연락도 없이 강의실에 불쑥 나타나기도 했다. 언론의 관심이야 나쁜 일이 아니지만 과도한 관심은 종종 문제를 일으키기도 했다. 수강자들의 특성을 고려하면 언론에 신상이 노출되는 건 심각한 문제가 아닐 수 없다. 세상에 어떤 이가 노숙인이라는 이름으로 언론에 노출되는 걸 바라겠는가.

실제 사고가 터지기도 했다. 언론의 관심 속에 진행됐던 1기 입학식을 취재한 방송에 노숙인들의 얼굴이 그대로 노출되면서 급기야 채권자가 강의실로 찾아오는 일이 발생했다. 안타깝게도 그 뒤 당사자는 더 이상 강의를 들으러 오지 않았다.

다음 해에도 한 신문사에서 취재 의뢰가 왔다. 취재는 가능하지만 사진 촬영은 안 된다는 단서를 달고 기자와 만났다. 이런저런 질문을 하던 기자가 조심스럽게 강의 장면을 촬영하고 싶다는 의사를 보였다. 하도 간곡하게 부탁하기에 수강생들의 동의를 구한 뒤, 지면에는 반드시 모자이크 처리를 해서 내보내야 한다는 단서를 달고 촬영을 허락했다.

다음 날 신문에 기사가 실렸다. 약속대로 모자이크 처리를 하긴 했다. 그런데 이게 어찌 된 일인가? 어이없게도 노숙인들의 얼굴은 그대로 노출하고, 내 얼굴만 모자이크 처리를 한 것이다. 기사를 본 노숙인들이 당황해하거나 화를 낼 것 같았다. 항의라도 할 줄 알았다. 그런데 아니었다. 되레 요절복통하며 그냥 넘길 뿐이었다. 이유를 물으니, 이런 말이 돌아왔다.

“우리보다 교수님이 더 노숙인 같고, 더 거지같이 생겨서 교수님만 모자이크 처리를 한 것 아닐까요?”

그저 웃었다. 그 일로 ‘거지 교수’라는 별명이 붙었다. 수강하는 사람들이 수시로 놀리며 그렇게 불렀고, 그 이야기를 전해 들은 다른 언론의 기사에서도 내 이름 앞에 ‘거지 교수’라는 별명을 붙여 기사를 내보냈다.

생각해 보니 살면서 이런저런 별명으로 불리곤 했다. 학창 시절 친구들이 붙여 준 별명들은 세월과 함께 사라졌지만, 성인이 된 뒤 언론에서 붙여 준 별명은 여전히 들러붙어 있다. 그것들이 고스란히 내 삶의 여정을 표상하고 있다고 생각하면 도리 없이 수긍할 수밖에 없다. 때로는 꼬리표처럼 붙어 다니고, 때로는 나를 어디론가 이끌어 가기도 한다. 긍정적으로 생각하기로 했다. 이런저런 관심을 받아 왔다는 증거라고 생각하면 은연 뿌듯하기도 하다.

젊은 시절의 ‘최좌절’과 ‘최결핍’이라는 별명은 말 그대로 실패와 도전의 산물이었다. 20대 시절 겁도 없이 영화를 제작하겠다고 나섰다가 ‘최좌절’이라는 별명을 갖게 됐다. 지병처럼 내 삶에 들러붙은 지긋지긋한 가난을 욕망의 지렛대로 삼으려다 보니 '결핍'이라는 키워드에 주목하게 되었고, 관련된 책을 두 권(『결핍을 즐겨라』, 『결핍의 힘』)이나 내기도 했다. '최결핍'이라는 별명이 붙은 건 당연한 일이다.

노숙인 인문학에 참여하면서 붙었던 첫 별명은 '노숙 선생'(『삼국지』에 등장하는 오나라의 노숙을 연상케 한다)이었다. '거지 교수'는 두 번째 별명인 셈이다. 그러려니 했다. 굳이 싫어할 이유가 없고, 더러는 친근감이 느껴지기도 했다. 큰아이 다정이의 충격적인 불만 제기가 있기 전까지는 그랬다.

딸아이 중학생 때 일이다. 친구들에게 자랑한다고 『결핍을 즐겨라』를 학교에 가져갔었나 보다. 눈 밝은 친구들이 책 속에 나오는 거지 교수라는 별명을 짚어 내자 다정이의 심사가 뒤틀리기 시작했다.

"너희 아빠 별명이 왜 하필 거지 교수니? 너희 집 그렇게 가난하니?"

"하하, 다정이 아빠는 거지 교수래. 거지들도 대학을 다니나 봐."

그날 저녁 딸아이는 울고불고 난리였다. 왜 아빠 별명은 하필 거지 교수냐고, 그럼 나는 거지 딸이냐고.

중학생 딸아이에게 뭐라 설명할 방법을 찾지 못했다. 노숙인은 어떤 사람이고, 아빠가 왜 그들과 함께 지내는지, 노숙인 인문학이라는 게 도대체 뭘 하는 건지……. 고민하던 차에 당시 고정 출연하던 SBS라디오 「이숙영의 파워FM」의 진행자 이숙영 아나운서에게 다정이가 아빠 별명 탓에 속상해하고, 그래서 나도 덩달아 속이 상한다는 이야기를 들려줬다. 나가던 음악이 멎고 다시 생방송을 진행하게 된 이숙영 아나운서가 청취자들에게 즉흥 제안을 했다.

“노숙인 인문학 과정에서 강의하는 최준영 씨의 별명이 거지 교수라서 따님이 굉장히 속상해한다네요. 우리가 오늘 최준영 씨에게 새로운 별명을 붙여 주자고요. 생각나시는 게 있으면 문자메시지를 보내 주세요.”

동 시간 청취율 1위 프로그램의 위력은 대단했다. 즉흥 제안이 나가자마자 엄청난 문자메시지가 쏟아져 들어왔다. 그중 몇 개를 추려서 다시 투표하는 방식으로 좁혀 나간 끝에 새 별명이 정해졌다. ‘거리의 인문학자 최준영’은 그렇게 지어졌다. 영광이 아닐 수 없다. 나처럼 미력한 존재에게 붙을 이름이 아니었다. 거리의 인문학자라면 우선 떠오르는 인물들이 있다. 머릿속에서 쓱 지나가는 이름들만도 어마어마하다. 맙소사, 내가 그분들과 동격의 별명으로 불린다니!

이름값을 해야 했다. 한눈팔지 않기로 했고, 열심히 공부하기로 했다. 강의 없는 날에는 무조건 도서관에 가서 책을 팠고, 가난한 사람들을 위한 강의라면 장소, 시간, 강사비 따지지 않고 전국 방방곡곡으로 뛰어다녔다. 그래 봐야 별명 값에는 한참 모자랄 뿐이었지만.

한번은 한 시민 단체가 주최하는 토론회에 패널로 참석한 적이 있다. 패널을 소개하던 사회자가 내 순서에서 웃음을 터뜨리고 말았다. 꽤 진지한 자리에서 웃음을 터뜨린 사회자는 짐짓 웃음기를 없앤 뒤 다시 소개를 시도했다. 그런데 '거리의 인문학자'라는 말에서 다시 웃고 말았다. 사회자의 멘트를 정확하게 정리하면 이런 식이었다.

"거리의ㅋㅋ 인문학자, 최준영 씨!"

그날 행사의 사회를 본 사람은 목사였다. 내 이름 앞에 붙은 별명이 가당치도 않다고 생각한 듯했다. 그럴 수 있다. 비웃어도 상관없다. 내가 지은 별명이 아니다. 사람들이 붙여 준 것이고, 강의하는 곳에서 사람들이 불러 주는 또 다른 내 이름이다.

거리의 인문학자라는 이름에 걸맞은 삶을 살아갈 것이다. 노숙인, 미혼모, 한부모 여성 가장, 교도소 재소자, 가난한 어르신, 탈학교 청소년과 함께하는 삶을 살아갈 것이다. 그리하여 진정한 거리의 인문학자가 되어 갈 것이다.

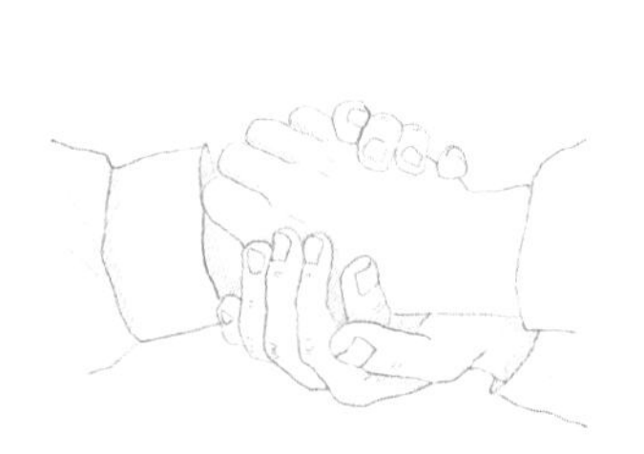

거리의 인문학, 어디까지 왔나

2005년 9월 성프란시스대학이 설립됐다. 이듬해 여러 지역의 자활 지원센터에서 인문학 강좌를 개설했다. 2007년 인권연대 등에서 교도소 재소자를 위한 평화인문학 강좌를 개설했고, 2008년 경희대 실천인문학센터도 교도소 재소자를 위한 인문학 강좌를 시작했다.

속속 인문학 강좌가 개설되자 사회적 관심과 지원도 잇

따랐다. 성프란시스대학은 기업의 후원으로 설립·운영됐고, 이후 개설되는 인문학 강좌에는 공공기관의 지원이 줄을 이었다. 한국연구재단이 시민인문학 프로그램을 만들었고, 서울시를 비롯한 각급 지자체와 대학에서도 인문학 프로그램 지원에 발 벗고 나섰다. 특히 경희대학교는 지역 주민과 노숙인 인문학을 위한 별도의 기구인 실천인문학센터를 꾸린 데 이어, 후마니타스 칼리지를 통해 학생들의 인문 소양 함양에 매진했다.

나는 성프란시스대학에 참여한 이래, 경희대 실천인문학센터로 자리를 옮겨 강좌에 참여했고, 지금은 소속을 두지 않고 전국의 공공도서관과 대학원, 자활 지원센터, 복지관 등을 돌며 인문학 강의를 하고 있다. 2019년에 인문독서공동체 책고집을 설립한 뒤 대전의 노숙인을 위한 인문학 강좌를 5년째 홀로 진행하고 있다.

2019년 설립한 인문독서공동체 책고집은 연평균 50여 차례 인문학 강좌와 과학 강좌를 진행한다. 그사이 나에겐 '거리의 인문학자'라는 별명이 붙었다. 덕분에 더 많은 곳을 돌며 강의하게 되었고, 지금은 어르신을 위한 인문학 강좌와 부랑인 시설의 인문학 강좌를 기획, 진행하고 있다.

인문학에 대한 정의는 다양하다. 삶의 의미를 궁구한다는 일반적인 정의에서부터 우주의 질서를 탐구하는 것, 시민의 자유와 책임에 대한 덕목을 일깨우는 것, 사물을 보는 새로운 시각을 갖기 위한 학구적 태도, 생명의 본질을 파악하기 위한 학문이라는 정의가 있다.

노숙인 등 주로 소외 계층을 대상으로 강의했던 나는 인문학의 정의를 좀 색다르게 하는 편이다. 이른바 거리의 인문학을 위한 별도의 정의라 할 수 있을 것이다. 먼저 거리의 인문학을 정의하기 전에 거리의 사람들, 즉 노숙인에 대한 새로운 정의가 필요했다.

흔히 노숙인은 돈이 없는 사람, 집이 없는 사람, 직업이 없는 사람으로 이해된다. 그러나 거리의 인문학에 참여한 노숙인들과 교류하면서 그들에게는 앞서 언급한 돈, 집, 직업보다 더 중요한 것이 없다는 걸 알게 되었다.

아무리 힘든 일이 생겨도, 아무리 위급한 상황에 놓여도 연락하거나 도움을 청할 사람이 없는 사람, 그게 바로 노숙인의 현실이다. 거기서 노숙인의 정의를 이끌어 냈다. 노숙인은 돈, 직업, 집이 없는 사람이기 이전에 사람이 없는 사람이다.

노숙인을 대상으로 인문학을 강의한다는 것은 노숙인에게 사람의 의미, 사람 관계의 중요성을 이야기하는 것이나 다름없다. 거리의 인문학을 통해 길어 올린 인문학의 새로운 의미는 그래서 '사람을 알기 위한 공부'라는 것이다. 사람에 대한 새로운 이해, 사람 관계의 중요성을 일깨우는 과정으로서의 인문학 강의에서는 어떤 이야기를 할 수 있을까.

사람을 뜻하는 '인간(人間)'이라는 말은 '사람+사이', 즉 '사람 관계'를 의미한다. 삶이란 무수한 관계의 총체이면서 다양한 인연(因緣)의 과정이다. 이런 관계의 중요성을 일깨우는 텍스트로는 먼저 신영복 선생의 『강의, 나의 동양고전 독법』을 사용했다. 산업화 과정에서 이식된 서양의 '존재론'을 극복하고 동양의 고유 사상인 '관계론'을 회복하는 것이 21세기 인문학 시대의 요체라는 주장을 담고 있는 책이다. 리처드 니스벳의 『생각의 지도』도 활용했다. 이 책에서는 서구인의 '범주적 사고'와 동양인의 '관계적 사고'의 형성 과정에 깃든 역사 문화적 차이를 분석하고 있다.

다음으로 주요하게 다룬 주제는 '인연'이다. 인연이라는 말은 물론 불교에서 유래했지만, 거리의 인문학에서 본격 불교 서적을 읽기란 쉽지 않은 현실이다. 그래서 실제 강의에서는 인연의 의미를 쉽게 풀어낸 히로나카 헤이스케의 『학문의 즐거움』을 인용하곤 했다.

"불교에 인연(因緣)이라는 말이 있다. '인'이라는 것은 '근원'이라는 뜻으로 내적인 것이다. '인'이 내적인 것이라면 '연'은 외적인 것이다. 내적 조건인 '인'과 외적 조건인 '연'이 결합해서 모든 것이 생겨나고, 이 결합이 해소됨으로써 모든 것이 사라진다는 것이 불교에서 말하는 '인연'이다. (중략) 한 인간의 삶은 인연에 지배되는 것인지도 모른다. 부모에게서 이어받은 것, 가까운 친구에게서 배운 것, 또 몇 번의 시행착오를 통해 얻은 체험적 지식 등이 눈에 보이지 않는 덩어리로 자기 자신 속에 축적되어 '인'을 만든다. 그 '인'이 '연'을 얻어서 그 사람의 희망이 되고, 행동이 되고, 결단이 되고, 길이 만들어진다. 지금까지의 나 자신을 돌이켜 보면 그렇게만 느껴진다. 살아 있다는 것은 부단히 무엇인가를 배우고 노력하는 것을 의미한다. 그리고 바로 그 배우고 노력한 것이 인생을 만들어 가는 것이 아닐까 하는 생각을 절실히 하게 된다."(히로나카 헤이스케, 『학문의 즐거움』)

세상이 자기를 알아주지 않는다고 한탄하는 사람이 있다. 거리의 삶을 사는 사람들의 두드러진 특성 중 하나가 그것이다. 자신에게 '인'은 충만한데 '연'이 닿지 않아 일이 풀리지 않았다고 생각하는 사람도 있다. 그러나 세상에 그런 일은 없다.

그렇게 생각하는 사람치고 '인'에 충실한 사람은 드물다. 물이 차면 넘치게 마련이고, 달도 차면 기울게 마련이다. 그게 세상의 이치라는 걸 알아야 한다. 내 부족함을 먼저 생각하는 사람이라야 비로소 '연'을 맞을 준비가 된 사람이다. 거만한 사람은 외려 다가오는 '연'을 걷어찬다. 우쭐대느라 진정한 '연'을 알아보지도 못한다는 것이 강의에서 거듭 강조했던 이야기다.

사람 관계의 중요성을 일깨우기 위해서는 인연의 소중함, 좋은 관계를 맺기 위한 방법론도 중요하지만, 그보다 먼저 사람에 대한 기초적인 이해도 필요하다. 그래서 다루게 된 것이 사람의 특성 중에서도 결핍의 존재라는 주제다.

사람에게는 누구나 결핍이 있다. 결핍은 모든 사람의 문제지 거리의 삶을 사는 사람만의 문제가 아니다. 가난한 사람은 경제적 결핍에 시달린다. 부자라고 해서 결핍이 없을 리 없다. 돈에 대한 집착이 그 외의 삶의 가치를 압도하는 데서 오는 정서적 결핍 역시 경제적 결핍 못지않은 심각한 결핍이다. 나이가 많은 분은 나이 그 자체가 결핍일 테고, 젊은이에게는 연륜과 경험이 결핍됐다.

인간의 역사는 개인 혹은 집단이 결핍을 극복해 온 과정이다. 역사적으로 이름을 남긴 사람들 역시 결핍을 극복한 사람이다. 결국 삶이란 내 안의 결핍을 마주하는 것이다. 결핍을 어떻게 대하느냐에 따라 삶의 내용이 달라진다.

강의 중 자주 인용했던 책으로 빅토르 프랑클의 『죽음의 수용소에서』가 있다. 나치 수용소에 갇혔다 살아난 저자가 자신을 살린 동인을 찾아 나서는 이야기다. 끝없이 살아 있음을 확인하는 것, 즉 삶의 의미를 성찰했던 것이 살아나게 한 힘이었다는 결론을 내린다. 결핍에 대해 논하다 보면 자연스레 노숙인 스스로 강의에 참여하게 된다. 자신의 결핍을 인정하는 것에서부터 그로 인한 고립감, 좌절감, 회피 기제를 고백하는 시간으로 이어지는 것이다.

사람을 이해하는 코드로서 관계와 인연, 결핍을 이야기했다. 이것만으로도 거리의 인문학에서 추구했던 강의의 방향과 의도, 목적이 드러난다. 다소 섣부른 감이 있지만 이제 결론으로 다가가 보자.

거리의 인문학이 지속적으로 추구하는 것은 소통이다. 사람과 사람의 소통, 개인과 집단의 소통, 시민과 사회의 소통, 나아가 피상의 나와 내면의 나와의 소통. 거리의 인문학에서 소통의 방법으로 채택한 것이 독서와 글쓰기였다. 책을 통해 세상과 소통하고, 글쓰기를 통해 자신의 내면과 소통할 기회를 만들고자 했던 것이다. 독서와 글쓰기를 통해 자신의 내면을 마주한 사람이 만들어 낸 변화는 실로 경이롭다. 다음은 인문학 강좌에 참여한 이들이 만들어 낸 이야기들이다.

#1

2006년 가을, TV 프로그램 「그것이 알고 싶다」에 출연한 노숙인 이 씨가 자신의 거처인 쪽방에서 책 한 권을 들고 카메라를 응시하며 환하게 웃고 있었다.

"책을 모르고 살던 지난 세월이 후회됩니다. 책이 저를 살렸습니다."

이 씨는 최초의 노숙인 인문학 강좌 1기 수료생이다.

#2

2007년 봄, 일군의 중년 남성들이 강원도 홍천 강변의 펜션에 모였다. 성프란시스대학의 졸업생과 수강생이 함께 한 MT 자리였다. 깊은 밤 누군가 진지한 표정으로 말을 시작했다.

"16년 만에 아내에게 처음으로 사랑한다고 고백했습니다. 저처럼 무뚝뚝하고 죄를 많이 지은 사람의 입에서 사랑한다는 말이 나온 건 인문학 덕분입니다. 제가 생각하는 인문학은 그런 것입니다."

#3

2009년, 노숙인 출신 작가 안승갑 씨는 11년간의 노숙 생활 경험을 수기로 발간했다. 『거리의 남자, 인문학을 만나다』를 펴낸 안 씨는 이후 노숙인 쉼터 등을 돌며 자신의 경험담이 담긴 잔잔한 이야기를 풀어내고 있다.

#4

2019년, 대전의 노숙인 시설에서 인문학 강의를 시작했다. 거기서 경석이를 만났다. 20대 청년 노숙인 경석이는 대전에 내려갈 때마다 나를 챙긴다. 그가 어느 날 내게 말했다.

"저도 공부를 하기로 했어요. 사회복지사가 되어서 거리의 아저씨들을 돕고 싶어요. 누구보다 저는 아저씨들을 잘 알거든요. 그렇게 저도 사람답게 한번 살아 보려고요."

이후 경석이는 사이버대학에 입학했다. 2023년 8월, 졸업을 앞두고 사회복지직 공무원 시험을 준비하고 있다.

#5

2022년, 수원의 우만종합사회복지관에서 어르신을 위한 인문학 강좌를 시작했다. 강좌의 이름은 '삶의 이야기를 나누는 우리동네 인문학'이다. 강좌에 참여한 70대 중반의 여성 어르신이 눈물을 훔치며 소감을 들려줬다.

"왜 이제야 왔어요. 공부하는 재미를 이제 알겠어요. 뒷방 노인 취급하지 않고 우리를 찾아와 주셔서 고마워요. 내년에도 또 했으면 좋겠어요."

#6

2023년 상반기에 서울의 성동 자활 지원센터에서 자활 참여자를 대상으로 인문학 강좌를 열었다. 지난 6월, 1학기 강좌를 마치고 강릉으로 수학여행을 갔다. 거기서 나온 말을 옮겨 본다.

"여기(자활 지원센터)서 만나는 사람들 그냥 다 미웠어요. 다들 루저로만 보였어요. 인문학에 참여하면서 알게 되었어요. 실은 나 자신을 싫어하고 있다는 걸요. 내가 루저이기 때문에 다른 사람도 다 루저로만 보였다는 걸요. 이제 여기 사람들 미워하지 않아요. 저 자신도 소중하게 여기기로 했고요. 매일매일 일터에 나와서 일을 한다는 게 얼마나 소중하고 감사한 일인지 알겠어요. 얼마를 버느냐보다 아직 할 일이 있다는 것, 그게 중요하다는 걸 알고 있어요. 여러분, 사랑합니다."

말을 끝내고 자리로 돌아가는 그분에게 다가가 꼭 안아 드렸다.

거리의 인문학이 만들어 낸 이야기는 일일이 열거하기 힘들 만큼 차고 넘친다. 하나같이 뭉클하고 감동적인 이야기다. 어느덧 '거리의 인문학'은 답답하고 갈증 나는 현실 사회에 훈훈한 향기를 제공하는 옹달샘이 된 듯하다. 실제 성과를 내기도 했고 다채로운 감동도 만들어 냈다.

그 덕분에 거리의 인문학은 날로 영역을 넓히고 있다. 노숙인으로 시작해, 자활 참여자, 재소자, 여성 가장, 어르신, 탈학교 청소년, 미혼모, 가난한 어르신 등 소외 계층 전반을 아우르는 한편, 기업체 CEO, 임직원, 주부, 공직자 등 사회 전역으로 영역을 확장하고 있다. 거리로 나선 인문학이 우리 사회 곳곳에 인문학의 향기를 흩뿌리고 있다.

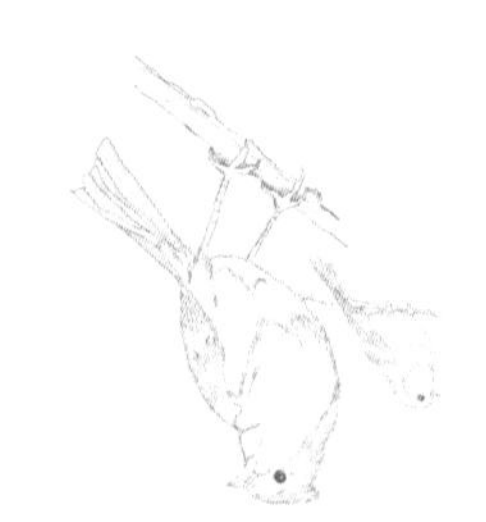

어느 마이너리티의 세 번째 꿈

"우리 사회의 전형적인 마이너리티 최준영이 『빅이슈』 창간을 위해 고군분투했다는 건 웬만한 사람은 다 알 거예요. 그러니 너무 속상해하거나 좌절하지 말아요. 늘 응원하고 있어요."

『빅이슈』 창간을 위해 뛰어다니다 빚더미에 올라 나동그라진 내게 건넨 지인의 위로였다. '우리 사회의 전형적인 마이너리티'라는 말이 유난히 인상적이었다.

2008년 영국에 다녀왔다. 『빅이슈(Big Issue)』(노숙인의 자활을 돕는 잡지)를 들여오기 위해서였다. 런던의 『빅이슈』 본사를 방문해 『빅이슈』의 운영 방식을 듣고, 거리의 판매원을 인터뷰하며 한국판 『빅이슈』의 가능성을 타진했다. 귀국 후 『빅이슈』 창간 운동을 전개했다. 3년여 고투 끝에 나는 고꾸라졌지만, 『빅이슈』는 창간됐다. 실수를 거듭하다 나동그라졌지만 씨를 뿌린 사람으로서 거리의 『빅이슈』 판매원을 볼 때면 뿌듯함을 느끼곤 한다.

『빅이슈』는 단순한 잡지이기만 한 것이 아니다. 사회 구성원들의 공감과 선의, 연대를 끌어내는 마중물이다. 살다 보면 누구나 어려운 상황에 놓일 수 있고, 그로 인해 좌절하기도 한다. 『빅이슈』는 그러한 불행이 단지 개인의 불행이 아니라 사회 구성원 모두가 함께 해결해야 할 공동의 문제라는 걸 일깨운다.

책고집 설립은 강의 때 만난 사람들과 함께 책을 읽고 다양한 강의를 기획하는 등 지역 사회에 인문학의 향기를 전파하는 한편, 가난한 이웃을 찾아가서 사람의 온기를 전하자는 취지였다. 코로나19에 직면하면서 운영난에 허덕이기도 했지만 5년을 버텨 낸 끝에 알찬 인문학 공동체로 자리매김하고 있다.

이제 『빅이슈』 창간 운동과 책고집 설립에 이어 세 번째 사회적 사고(?)를 치려고 한다. 어느 마이너리티의 세 번째 꿈은 국내에 교도소 대학을 설립하는 것이다.

2005년 최초의 노숙인 인문학 강좌에 참여한 이래 인문학을 매개로 다양한 사람을 만나 왔다. 지역 자활 지원센터에서 한부모 여성 가장을 만났고, 모자보호센터에 입주한 미혼모를 만났으며, 지역의 가난한 어르신과 장애인, 탈학교 청소년들을 만났다. 그들에게는 공통점이 있다. 마이너리티일망정 결코 희망의 끈을 놓지 않는 것이다. 그들과 함께 삶의 이야기를 나누다 보니 어느덧 그 일이 내 삶의 전부가 되었다. 20년을 그리 살았으니 이제는 끊을 수도, 그만둘 수도 없게 되어 버렸다.

인문학을 매개로 만난 사람 중에 교도소와 구치소의 수형인들도 있다. 혹은 대학 소속 강사로, 혹은 개인 자격으로, 드문드문 그들과 만나 왔다. 보다 체계적으로 지속적으로 만

남을 이어 가고 싶었지만 혼자 힘으로는 역부족이었고, 종래 아쉬움을 떨칠 수 없었다.

죄지은 사람에게 공짜로 공부시키는 것이 옳은 일이냐는 비판이 있었고, 성과에 대해서 회의적인 견해를 피력하는 사람이 없지 않았다. 그럼에도 불구하고 교도소 인문학은 꿋꿋하게 진행되었고, 나름 성과를 내기도 했다. 수형인들에게 지나온 삶을 되돌아보게 했고, 이전과는 다른 삶을 살아야 할 이유에 대해 진지하게 논의하기도 했다.

『빅이슈』 창간 활동 초창기에는 조력자가 없었다. 혼자 꾸는 치기 어린 꿈이었다. 책고집을 설립하겠다고 나섰을 때도 다들 뜯어말리기만 할 뿐이었다. 돈만 까먹은 일이 될 것이라는 우려가 넘쳐났다. 그러나 『빅이슈』는 어느새 우리 사회에 하나의 메시지로 뿌리를 내렸고, 책고집은 5년을 버틴 끝에 진정한 인문학 공동체로 거듭나고 있다.

전형적인 마이너리티의 세 번째 꿈에는 많은 사람이 관심을 표하고 있다. 교도소 대학의 필요성에 공감하며 기꺼이 함께할 의사를 밝힌다. 그럼 됐다. 여럿이 함께 꾸는 꿈은 곧 현실이 된다. 교도소 대학 설립, 이제 출발선에 섰다.

약속

2005년, 성공회 정동교회 세미나실, 그날 그 시간을 잊을 수 없다. 수강생 20여 명에 더해 기자들이 지켜보고 있었으니 제대로 강의할 분위기가 아니었다. 어찌나 긴장했던지, 그때 일은 새삼 되뇌고 싶지 않다.

출범 전 1년여의 준비 기간을 포함하면 노숙인 인문학 강좌가 올해로 20년째다. 그리고 드디어 오랫동안 꿈꾸었던 노숙인 인문학 강좌의 전국화, 구조화를 위한 첫발을 내딛게 되었다. 오늘 면접은 내게 그런 의미다.

20년 동안 나는 성프란시스대학에서 경희대 실천인문학센터로, 인문독서공동체 책고집으로 소속을 달리하며 노숙인 인문학 강좌에 지속적으로 참여했다. 더 많은 노숙인에게 인문학의 향기와 사람의 온기를 전달하고 싶었기 때문이었다. 경희대 소속으로 신당동 화엄동산(여성 노숙인 쉼터), 영등포 보현의 집, 충정로 구세군브릿지센터, 답십리 비전트레이닝센터 등 네 곳에서 강의했고, 지금은 인문독서공동체 책고집 이름으로 대전의 노숙인종합지원센터 등에서 강의하고 있다.

2022년 한국자활연수원 강의에서 전국 노숙인 시설 20여 곳의 시설장과 사무국장을 만날 기회가 있었다. 노숙인 인문학 20년의 경험을 들려주는 강의였는데, 참여자 대다수가 큰 관심을 표하는 한편, 당장이라도 실행하면 좋겠다는 의견을 피력했다. 그 외의 시설장과 실무자들 역시 인문학 강좌의 필요성에 대해 적극 공감했다.

그러나 현실은 녹록지 않다. 문제는 늘 돈이다. 강좌를 운영하려면 적정 예산을 마련해야 하는데, 그게 그리 쉬운 일이 아니다. 코로나19 이후로는 그나마 책정됐던 예산도 삭감되기가 다반사다.

문득 광주 다시서기지원센터의 초청으로 광주희망원에서 강연하던 때의 일이 떠오른다. 100여 명의 센터 참여자와 희망원 생활인이 지하 강당을 가득 메우고 나를 기다리고 있었다.

강의 시작 뒤 얼마 지나지 않았을 때였다. 수강생 한 명이 자리에서 불쑥 일어나더니 성큼성큼 앞으로 걸어 나왔다. 당황스러웠지만 차분하게 맞이하려 애썼다. 60대 초로의 여성이었고, 불안한 걸음걸이로 보아 몸이 불편한 것 같았다. 그분 손에 뭔가가 들려 있었다. 빵이었다.

“이거 먹어.”

들고 있던 빵을 불쑥 내 앞에 내밀었다. 망설이지 않고 받았다. 잘 먹겠다고, 고맙다고 인사하면서.

두 번째 시간에도 비슷한 일이 일어났고, 그럴 때마다 담당 복지사들이 제지하려 했지만 나는 되레 복지사를 말렸다. 괜찮다고, 괜찮다고, 괜찮다고. 강의 끝나고 보니 단상에 빵과

과자, 요구르트가 수북했다.

그분들 나름의 환영이고 공감의 표현이라는 걸 모를 리 없다. 그걸 굳이 해명하고 설명하려는 센터장이 낯설어 보였다. 순간, 홀린 듯 사고를 치고 말았다. 약속했다. 내년에 다시 오겠다고, 어떻게든 예산 만들어서 꼭 다시 오겠다고.

그 약속을 지키기 위해 오늘 이 자리에 섰다.

P.S.

한국문화예술위원회에서 공모한 우리가치 인문동행 사업에 '노숙인 인문학'으로 사업신청서를 냈다. 이 글은 1차 서류 전형 합격 후 2차 면접 전형을 치르기 위해 면접장으로 가는 길에 쓴 것이다. 책이 나올 시점이면 아마도 전국의 12개 시설에서 인문학 강의가 진행되고 있을 것이다. 약속을 지키게 된 것이다.

사의재에서 상념에 젖다

강의차 강진에 내려올 때마다 주막 '사의재'에 들러 아욱국과 전을 안주 삼아 막걸리 몇 잔을 기울인다. 딴에는 풍류지만, 더러 상념에 젖기도 했다. 강진 유배 초기 다산이 맞닥뜨린 암울하고도 척박한 현실이 사의재라는 당호와 맑디맑은 아욱국 국물에서 고스란히 묻어났기 때문이다.

한국문화예술위원회에서 공모한 '우리가치 인문동행' 사

업에 참여하게 되었다. 인문독서공동체 책고집 이름으로 전국의 노숙인 시설에서 동시에 인문학 강좌를 진행하는 원대한 프로젝트다. 2005년 국내 최초로 노숙인 인문학 강좌(성프란시스대학)가 출범한 이래 전국에서 동시에 강좌를 개설하는 것은 이번이 처음이다.

노숙인 인문학 강좌의 출범은 노숙인에 대한 사회적 관심을 환기했을 뿐만 아니라 인문학의 가치와 의미에 대한 새로운 발견으로 이어졌다. 이후 다양한 인문학 프로그램이 뒤를 이었다. 그러나 거기까지였다. 미디어라는 새로운 날개를 단 인문학은 나날이 보폭을 넓혔지만, 정작 그의 마중물 역할을 했던 노숙인에 대한 사회적 관심은 이내 사그라들고 말았다.

코로나 팬데믹 기간을 거치며 사회적 관심권에서 더욱 멀어진 노숙인들은 거리에서, 쪽방에서, 야산에서 비참한 삶을 겨우겨우 이어 가고 있다. 수도권을 넘어 지역의 노숙인 수가 늘어나고, 20대와 30대 젊은 노숙인의 수가 증가하고 있으며, 여성 노숙인은 여전히 거리에서 방치되고 있는 현실이다.

노숙인 인문학 강좌의 전국화를 시도하는 이유가 거기에 있다. 노숙인 인문학 강좌는 어떤 결과를 이끌어 내는 대신 진행 과정에서의 유대와 공감을 지향한다. 실의에 빠진 노숙인에게 다가가 그들의 말을 들어주고, 그들의 마음을 어루만져 준다. 그리하여 모두가 다 같은 사람이라는 것, 사람으로서 사람답게 살아야 할 이유를 공유하고, 사람다운 삶에 대한 존재론적 고민을 함께 나눈다.

강좌를 기획하면서 전국의 노숙인 시설 사람들과 다층적으로 소통하고 있다. 덕분에 알게 된 것들이 있다. 그동안 여러 지역에서 강좌가 진행되어 왔다. 무리 없이 운영되는 곳도 있지만, 충분한 연구 없이 뛰어들었다가 낭패를 본 사례도 있다. 지역의 대학에서 강좌를 개설했다가 느닷없이 중단시킨 사례도 있다. 지식인들의 자기 만족적 활동에 애먼 노숙인들을 동원한 것 아니냐는 볼멘소리가 나오는 이유다.

물론 대학에서는 해 볼 만한 사업이다. 대학 이미지를 제고하고, 일자리를 창출하고, 정부 지원금 혹은 공모 사업비를 따낼 기회일 수 있다. 그러나 노숙인 시설의 입장은 다르다. 누군가로부터 인문학 강좌를 해 보자는 제안이 오면 일단 망설인다. 솔직히 썩 내키지 않는 일이다. 준비 안 된 프로그램에 시설 이용자들을 동원한다는 느낌이 들기 때문이다.

책고집 또한 초기 기획 단계에서는 안일하게 접근했다. 우리가 예산을 마련했으니 시설에 인문학 강좌를 진행하자고 제안하면 무조건 좋아할 것으로 생각했다. 큰 착각이었다. 얼핏 달콤하게 들릴 수 있을지는 모르지만, 그동안의 실패와 실망을 경험한 시설의 종사자들에게는 그다지 내키는 사업이 아니었다.

원점에서 다시 출발한다. 섬세하게 접근해야 한다. 시설 종사자들과 면밀하게 협의해야 한다. 노숙인에 대한 충분한 이해가 전제되어야 한다. 지식 자랑이나 하는 껍데기 강좌여서는 안 된다. 따라오라고 할 것이 아니라 시설이 직접 기획에 참여하도록 유도해야 한다. 주체라는 인식이 있을 때에야 동기 부여는 물론 참여 의지가 커지는 법이다.

사의재의 '사의(四宜)'는 '반드시 해야 하는 네 가지 일'이라는 뜻이다. 생각이 담백하고, 용모가 엄숙하고, 말수가 적고, 행동을 진중하게 하는 것이 다산이 생각한 사의다. 노숙인 인문학 강좌의 사의는 '겸손함과 철저한 준비, 대상에 대한 이해, 시설과의 면밀한 협력'이다. 이미 상처가 큰 이들이다. 최소한 다시 상처를 주는 일은 없어야 한다.

나는 깨진다, 고로 나아간다

노숙인 강좌 초창기, "내 강의는 깨졌다"고 선언하며 스스로 강좌에서 물러난 교수가 있었다. 불과 한 학기만이었다. 반응이 좋은 강의였다. 그런데도 스스로 깨졌다며 물러나는 것이었다. 그분 모습을 보면서 내 심경도 복잡했다.

세상 편한 강의가 대학 강의다. 또래 학생들이 학점이라는 목표를 위해 강의장에 들어온다. 교수의 권위를 보장하는 다층의 메커니즘이 작동한다. 강의 평가가 있다지만 교수의 권위를 위협할 만한 수준은 아니다. 관점에 따라 다르겠지만 내 생각에 대학 강의는 편한 강의다.

노숙인 강의는 다르다. 일단 수강생의 연령대가 다양하다. 20대에서 60대, 심지어 70대까지. 학력도 천차만별이다. 겨우 초등학교를 나온 사람에서부터 대학원까지 다닌 사람도 있다. 직업도 다양하고 관심 분야도 다르다. 강좌에 참여한 이유도 제각각이다. 자존감 회복과 자활을 위해 오는 분도 있지만 그저 밥 준다는 소문 듣고 온 사람도 있다. 좀 더 현실적인 이유도 있다. 근로 시간으로 인정해 준다는 말을 듣고 온 사람이 있는가 하면, 시설에서 제공하는 이런저런 혜택 - 무료 급식소에서 줄을 서지 않아도 된다든지, 쉼터의 침상을 확보한다든지 - 을 염두에 둔 사람도 있다.

그런 분들 앞에서 강의해야 한다. 누구한테 기준을 둬야 할지, 어떤 목표를 세워야 할지 모를 일이다. 준비한 내용을 밀어붙여야 할지, 상황이나 분위기에 맞게 대처해야 할지 강의 도중에 싸움이 일어나면 어쩌나, 곤란한 질문이 나오면 어쩌나, 불안한 마음으로 겨우겨우 견뎌내야 한다.

신발 밑창에 박힌 압정처럼 뾰족하고 날카로운 질문이 튀어나오기도 한다. 혼자 있는 시간이 많으니 존재론적 고민에 휩싸일 수밖에 없다. 그 고민을 강의장에서 일제히 쏟아낸다. 수시로 공격적인 질문을 퍼붓기도 한다. 현실에 대한 불만과 피해의식, 세상을 향한 적개심을 애꿎은 강사에게 쏟아내는 것이다.

깨졌다고 선언하는 교수가 있는가 하면, 반대의 행태를 보이는 분도 있었다. 명문대 교수였던 그분은 참 꿋꿋했다. 수강생들과 전혀 소통하지 않는 방식으로 한 학기 강의를 이어갔다. 누가 문제 제기라도 하면 그게 무슨 문제냐며 되레 소리 지른다. 한 학기를 마칠 무렵, 어려운 여건에도 열심히 참여한 수강생을 격려하는 의미에서 소정의 장학금을 제공하기로 했다. 장학생을 선발하기 위해 교수 추천을 받기로 했는데 그분만 아무도 추천하지 않았다. 이름을 아는 수강생이 한 명도 없다는 것이었다.

여기도 사람이 모인 곳이다. 다양한 사람이 있을 수밖에 없다. 수강생이 저마다 다른 이유로 거리의 삶을 살게 됐듯이, 참여 교수들 또한 성향도 참여한 이유도 각양각색이었다.

나는 여러모로 부족한 교수였고, 자격 미달이었다. 우선 학위가 없다. 석박사 학위가 아니라 학사 학위조차 없다. 학문적 기반이 빈약하다 보니 지레 위축되곤 했다. 그런 내가 강의라는 걸 해도 되는 건지 수시로 되묻곤 했다. 강의 때마다 깨졌다. 깨지지 않는 게 오히려 이상한 일이었다.

'깨졌다'고 선언하며 물러난 분이 멋져 보였다. 나는 수시로 깨졌고, 깨질 때마다 자괴감에 몸서리쳤다. 그만두고 싶다는 충동에 사로잡혔다. 그래도 버텼다. 그만둘 용기가 없어서 버텼다. 비겁이 나의 힘이었다. 부족한 걸 채우기 위해 치열하게 공부했다. 강의 없는 날에는 무조건 도서관으로 향했다. 강의와 관련된 책이라면 닥치는 대로 찾아 읽었다. 두 시간 강의를 위해 일주일을 준비했고, 하나의 주제를 소화하기 위해 여러 책을 읽어냈다. 그래도 부족하다 싶어 이곳저곳 찾아다니며 공부했다. 유명 작가의 글쓰기 수업을 들었고, 신문사의 시민강좌에 참여했으며, 이런저런 동영상 강의를 수강했다. 닥치는 대로 듣고, 메모하고, 정리하기를 반복했다.

교수의 권위를 내세우는 대신 실무자로 움직이는 길을 택했다. 저녁 강의가 있는 날이면 오전부터 나가서 복지사 업

무를 도왔다. 소위 '노숙판'의 현실을 파악하기 위해서였다. 야간에는 거리로, 지하도로 아웃리치(outreach)를 나갔다. 늘 수강생들과 함께 밥을 먹었고, 강의 후에는 함께 술잔을 기울이기도 했다. 늦은 밤 집으로 가다가 다시 서울역으로 돌아와 노숙하기도 했다. 그분들의 삶을 조금은 알 것 같았다.

그렇게 조금씩 다가서며 '라뽀(rapport, 신뢰 관계)'를 형성했다. 강의를 잘하고 못하고는 중요한 게 아니었다. 서로를 이해하고 인정하면서 함께 어우러졌다. 나보다 나이가 많으면 형님이라 불렀고, 어린 친구는 나를 형이라 불렀다. 모든 수학여행과 졸업여행을 따라갔다. 교수 중 유일했다. 수학여행 전날이면 어머니와 아내를 동원해 수십 줄의 김밥을 쌌다. 내 어머니를 모두의 어머니로 만들어 버렸다. 명절이면 세배하러 오겠다고 아우성을 쳤다.

누가 거리에서 쓰러지면 병원으로 달려가 보호자를 자처했고 누가 죽으면 상주 역할을 했다. 무연고 시신은 하룻밤 장례도 치르지 않고 곧바로 화장터로 보내는 게 관례라는 병원 관계자의 말을 듣고 분개했다. 내 책임하에 장례를 치렀다. 그렇게 그렇게 함께 어우러졌다.

어느 순간부터 실무자와도, 수강생과도 구분되지 않는 존재가 되어 버렸다. 교수이자 실무자였고, 함께 밥 먹고 술 마시는 거리의 동료였다. '거리의 인문학자'라는 거창한 별명은 방송(SBS라디오 「이숙영의 파워FM」)에서 얻었지만, '거지 교수'는 수강생들이 붙여준 별명이다. 내가 자기들보다 더 거지같이 생겼다면서.

강의에선 늘 깨졌다. 그러나 그만두지 않았다. 그만두는 건 배신이며 의리를 저버리는 비겁한 짓이라 생각했다. 함께 하는 게 용기였다. 더 많은 시간을 거리에서 보냈고, 더 치열하게 공부했다. 덕분에 조금씩 성장했다.

노숙인 인문학의 가장 큰 수혜자는 노숙인이 아니었다. 나 자신이었다. 공부도 부족하고 품성도 엉망인 내가 이만큼 성장한 건 거리의 인문학 덕분이다. 작가라는 그럴싸한 직업이 있지만 그보다는 '거지 교수', '거리의 인문학자'로 불리는 게 더 좋다. 나는 늘 깨졌지만 주저앉지 않았다. 깨질 때마다 다시 일어서서 걷고 또 걷는다.